U0134585

有些人沒有血緣，卻比親兄弟更親。

目錄

本故事之所有內容純屬虛構，如有雷同，實屬巧合。

主要角色簡介

林炅

男主角，新移民資優生，攻防兼具的全能王牌排球員，因緣際會之下成為江湖球手。絕技是「天馬流星・曙光一擊」。

蒙剛

暱稱「蒙哥」，平山泊的二當家。大學時期是獨當一面的排球健將，現主力擔當輔助隊友的角色及領隊。

亞舜

天才舉球員，最擅長暗算對手，擁有不可思議的神級控球技巧，絕式全部以《七里香》的詩句而命名。

玥兒

廚藝高超的漂亮少女，本性貪慕虛榮。渴望嫁有錢人，飛上枝頭變鳳凰。因為發現林炅有發財的潛力，便開始像花痴一樣纏著他。

姚水蜜

吳天

吳法

胡克隆

聖祖書院排球隊的隊長，
綽號「黑龍小王子」。
因嫉妒林炅的驚人天分，
常常連朋結黨霸凌林炅。

輟學的傻小子，說話總是顛三倒四。
為人憨直有義氣，會跟吳天剪一樣的髮型。

典型不良少年。與吳法形影不離，
擔當他的「翻譯機」，而兩人只是同姓
朋友，並非親兄弟。

球隊的嬌俏女助理，
很容易與別人義結金蘭。

天若有情

兩條華麗鮮豔的醒獅左右開路，
一高一矮兩名男子昂首挺步，
就像主演神功戲的演員，
竟然戴著敷彩上漆的面具，
完全罩住本人的真面目。
十五艮全陣喝采，喊聲轟鳴：
「伏虎吞雲！狂龍駕霧！」

第九回

天若有情

1

亞舜是這間BAND 3中學的奇蹟。

因為他考上了港水大學。

雖然只是考進了文學院,而非甚麼驕人的神科,但在這間公開試成績爛到核爆級數的中學,亞舜是歷來首位考上港水大學的畢業生。

老師都借他的故事來鼓勵學生。

在師弟師妹的眼中,亞舜是值得歌頌的楷模。

他是傳奇,也是神話。

亞舜沒有嫌棄自己的過去,他會回去中學探望老師,看看自己那些刻在桌底的髒話詩。

那一年，亞舜初上大一，他還不是幫會的球手。他沒有住宿舍，也沒有「上莊〔參選系會幹部〕」，只是專心做兼職賺錢。

這是在他加入平山泊的半年之前發生的事。

二○○四年的香港，兩鐵尚未合併，地鐵站還是叫地鐵站。

亞舜由大學出發，乘搭紅色小巴來到中環。

皇后大道中，路人如潮湧，金融中心好比天宮。

快下車之前，亞舜撥出一通電話。

「喂，妳到哪個站了？我也快到了，置地廣場的出口等。待會見！」

亞舜顯得有點焦急，小巴還未停定，他已走向前排的車門。一手握住掀蓋式的手機，一手按住震晃的背墊，他的步履有如輕功似的飄逸，平衡力強得連老司機也讚好。

今天，亞舜穿了一件圓領白色Ｔ恤，披著藍得像黑的牛仔外套。他本來就長得高，直筒長褲令長腿更顯修長。面如傅粉，膚若凝脂，像他這麼俊逸的年輕人一出現，不論男女老幼都會多瞧幾眼。

　　亞舜很會穿搭衣服，儘管大部分衣物都是旺角買的便宜貨，攔在他模特兒一般的骨架上面，就會散發出銷魂奪魄的魅力。

　　中環地鐵站，置地廣場出口。

　　朱紅色的磚牆之間人來人往，有個高瘦的女生揹著名牌斜肩包，她就是雯雯，亞舜中學時的BEST FRIEND。雖然抹了鮮豔的眼影，染色的燙髮也很有女人味，但她還是青春少女的模樣。

　　亞舜故意繞到雯雯的身後，拍了拍她的肩膀，壓低聲音吐出一個「嗨」字。

　　雯雯回過頭來，面露吃驚之色。

　　「亞舜！你怎麼變得這麼⋯⋯帥？」

　　雯雯愣住了好幾秒，才吐出一個「帥」字，彷彿看見一個煥然一新的故友。

　　亞舜揉了揉她的鼻子，笑道：「妳跟我這麼久沒見，害我都好想妳啊！」

　　這番話雯雯只覺得逗趣，根本不當是打情罵俏。

　　不像亞舜，雯雯會考零分，早就放棄了升學。

畢業之後，兩人由隔週見面一次，到一個月才見一次……漸漸變成好幾個月才出來敘舊，匆匆見上一面。

明明以前像「糖黐豆」一樣形影不離，一起乘車一起逛街，就連上課的時候，她也不時枕在他的肩膀上熟睡。

事過境遷，故友疏遠，這不是人生必經的階段嗎？亞舜曾抱著一絲假希望，覺得自己和雯雯將會是例外……結果還是敵不過無情的現實。

不像以前般親密又如何？

只要兩人一聊起來，又彷彿回到了老樣子。

沿著長街漫步，途經中環街市，闖入燈紅酒綠的鬧區，街燈下飄揚著爵士樂。

他們本來想吃西餐，經過幾間酒吧餐廳，不是不喜歡，就是沒空席。餐廳裡的男賓大都穿著西裝，女的不是商務洋裝，就是時尚長裙。亞舜看了不禁心生羨慕，那些時裝的價格他都知道，記得第一次查看價錢牌的時候，還以為自己多看了一個零。

雯雯摸著肚子，說道：「其實我想吃中餐。」

霓虹燈抹紅了兩張笑臉，亞舜和雯雯不再逆流而上，

而是隨緣找地方吃晚餐。穿過一條條滿是塗鴉的水泥牆小徑，彷彿進入都市叢林裡的蠻荒地帶，最後來到了巷子裡的大排檔。

「就這裡吧？」

亞舜拉出仿木紋的圓摺椅，和雯雯坐了下來。

兩人抬頭看著高樓之間的狹長天空，感受到一股莫名其妙的壓迫感。直到亞舜將洗完碗的髒水倒向水溝，向不耐煩的伙計大叔點菜下單，他才找回熟悉的歸屬感。

雯雯托著腮道：「想不到中環也會有大排檔。」

亞舜笑了笑，替雯雯掀開汽水的拉環。

「妳現在做甚麼工作？」

一開口，亞舜立刻後悔，自覺問了個蠢問題。

雯雯沒有猶豫，坦言道：「如果我告訴你，現在我是別人的情婦⋯⋯你會瞧不起我嗎？」

冷靜是亞舜的本色，他只是露出淺淺的笑容，不以為然地說：「妳沒有錯。」

亞舜最是清楚不過⋯⋯雯雯有個正在牢裡蹲的爸爸，家裡欠了好多錢，既然她讀不成書，只好靠美色討生活。

雯雯的名牌手袋太顯眼了，目光迴避不了。

買名牌沒有錯。

因為那是他們曾經買不起的東西，夢幻一般的奢侈品，如今終於可以將夢想化為現實，變成可以擁抱的實物……就像用棉花糖來填補心靈的空虛。

貪慕虛榮也沒有錯。

因為她出身那麼寒微，甚至近乎低賤，如今終於有了翻身的機會，誰也不可以責怪她自甘墮落。

不然，一個家世坎坷、讀不成書的女人，除了攀附男人，還有甚麼改變命運的機會？她出賣的只是肉體，要比那些出賣靈魂的人好多了。

亞舜明白事理，沒有勸她離開那個男人。

他只是將憂慮壓在心底，深恐那個男人玩膩了她之後，就會捨她而去。如果被搞大了肚子，這輩子就會多了一個拖油瓶……就像亞舜的媽媽一樣，跟男人跑了，丟下他給住公屋的婆婆養大。

「雯雯，我講個笑話，保證妳一定會笑。一隻蝦叫作蝦，那麼三隻蝦呢？」

亞舜改變了話題。

「三隻蝦？」

「蝦、蝦、蝦！哈哈哈！」

雯雯聽到這種白痴的笑話，跟亞舜一同捧腹大笑。

在這個悲情的城市，歡樂難能可貴。

今晚，開開心心吃個飯就夠了！

2

離開大排檔之後，亞舜和雯雯沿著電車路散步。

沿途經過名店的櫥窗，兩人談天說笑，來到了昔日的天星碼頭，忽然很有默契說想搭渡輪。對岸是尖沙咀，星光大道即將完工，維多利亞港的海風穿過欄杆，吹進了木漆斑駁的船艙。

黑夜的水面有冬月的倒影。

肩並肩坐在前艙，雯雯凝望著亞舜，說道：「你以前常常教我接球，那段日子真是令人懷念……想不到你還繼續打排球。」

亞舜微笑道：「為甚麼想不到？我在大學可是校隊的正選二傳手。」

確實，亞舜加入大學排球隊之後，校隊就成為戰無不勝的強隊。

打工賺錢最重要，亞舜常常為此缺席練習。儘管如此，校隊還是缺他不可，哪怕不練習也好，他的球技都是凌駕在同儕之上。

聽到亞舜在大學吃得開，雯雯真心為他高興，卻不禁苦笑了一下。

「我和你的距離實在太遙遠了。」

這番話深深刺進了亞舜的心窩。

「怎會呢？」

「我很清楚。以前跟你合作打快攻，你都放慢速度，沒有使出全力傳球。」

「妳想多了。」

「要是有人能接應你的快傳，那樣的快攻絕對天下無敵。大學裡一定會有很多很厲害的人，你就是屬於那個世界的……」

尖沙咀碼頭的燈光愈來愈近，海面蕩漾著霓虹色。

這班船沒甚麼乘客，前艙裡的幾個乘客都已離座，走近舷板的出口那邊。

這一刻，前艙只剩下亞舜和雯雯。

雯雯正欲起身，亞舜挽住她的手腕。

「我繼續打排球的原因，妳知道是為甚麼嗎？」

「為甚麼？」

亞舜沒正面回答，只是反問一句：「排球對妳來說，代表了甚麼意義？」

雯雯想了一想，才徐徐道：「對我來說，排球代表了我的青春，代表了全心全意無憂無慮的日子。當時，我滿腦子只想著怎麼和隊友配合、怎麼得分……當全世界都將我遺棄，就只有我的隊友會接納我。排球，讓我有了朋友，曾經給予我活下去的勇氣……」

說到這裡，雯雯臉上出現旖旎之色，她就像賣火柴的少女那樣，經歷過短暫的溫暖之後，就要離開校園面對冰冷的世界。這一刻，寒風中，出乎她的意料，亞舜握住她的手心異常熾熱。

「對我來說，排球就代表了妳。只要我心裡還有妳，我就不會放棄排球。」

亞舜自知再不表白心跡，以後就可能沒機會了。

排球是他和她的共同回憶。

那一年宿營集訓，曾經一起躺在球場上，看著星空說夢話。

輸掉比賽的時候，她第一個總是找他哭訴。

哪怕時光已成追憶，人間聚散無常，亞舜始終是她生命裡最重要的人。

只是，雯雯萬萬想不到亞舜會對她表白。她沒有給他任何答覆，裝作聽不懂剛剛的話，默默下船，一路走上計程車的時候，一直逃避他的目光。

城裡的街燈照亮了寂寞的影子。

亞舜早就知道是這樣的結果。

告白之後，他並不感到後悔。

倘若連面對真正的感情都做不到，這樣的人生才會令他深悔不已。

敢愛敢做！

亞舜就是這麼瀟灑的人。

「我是真心的。如果有一天妳累了，需要一個肩膀的話，希望妳會想起我。我會等妳，永遠想妳。」

當夜，亞舜傳出短訊，了卻心事。

情未了，緣未滅。

「嗨！出來陪我吧！老地方見，不見不散。」

事隔一週，出乎亞舜的意料，雯雯竟然主動打電話聯絡，約亞舜出來逛街。兩人由旺角走到了尖沙咀，彼此暢所欲言，笑得前仰後合，彷彿又回到了老樣子，雯雯似乎沒把亞舜的告白掛在心上。

買冰淇淋的時候，亞舜瞥見雯雯的皮夾裡滿是金色的鈔票。

雯雯拎住香奈兒的漆面皮夾，經過香奈兒的專門店。

亞舜看著她在廣告燈箱前的倩影，忽然借題發揮：

「妳知道嗎？香奈兒的創辦人自小被爸爸拋棄，所以這種肅穆的黑色，其實源自她在孤兒院看見的顏色。在孤兒

院裡，她學會了裁縫的本事，但她沒本錢，於是不得不依賴男人⋯⋯她曾經是男人包養的情婦。可是，她活出了自己的光芒，成為世間的一個傳奇⋯⋯」

因為雯雯喜歡名牌，亞舜就讀了相關的書，知道了奢侈品背後的故事。亞舜有感而發，又道：「這麼美麗的東西，竟出自身世可憐的鄉姑之手，當真是狠狠摑了這世界一巴掌！」

不華麗，不浮誇，卻散發出銷魂奪魄的魅力。

黑色是沉默，黑色是襯托，要讓生命之光更加耀目。

縱使現實是那麼骯髒不堪，她卻在心靈的世界保住了一片尊嚴的綠地。

BAND 3的學生只是成績差，並不是真的壞透了。當他們飽受社會歧視的白眼，他們才慢慢墮落變壞的。

亞舜情真意切，一字字道出心聲：

「妳沒有錯。在我心中，妳依然是妳，沒有改變。」

就在亞舜的面前，雯雯跪了下來，坐在商場光滑的地板上。

「噯，雯雯⋯⋯妳怎麼了？」

亞舜驚覺雯雯的眼角有淚光。

雯雯沒來由說起往事：

「我記得有一次，有同學用水潑我，你就舉起木凳，擋在中間保護我。那一刻，我真是覺得你好MAN！也多虧了你，讀書時才無人敢欺負我。」

亞舜熱血上湧，豁出去道：

「只要妳肯相信我，不如妳來跟我生活吧！我會保護妳，照顧妳，由我來賺錢養妳！」

雯雯怔了一怔，忍俊不禁道：

「你這番話真是令人尷尬！老娘出來社會混的時候，你還在唸書呢！」

「哼。」

亞舜只是悶吭一聲，背著她走開了一段距離。雯雯突然上前繞住亞舜的臂彎，黏得他無法好好走路。

「這是甚麼意思？」

「就是跟定你的意思。」

她點頭之後，兩人就同居了。

3

那三個月，亞舜快樂無比。

當時，他還不是幫會球手，所以為了賺錢生活，就要不停幫學生補習。

雯雯去找了一份售貨員的工作，變賣了兩個名牌手袋，展示了她要跟著亞舜的決心。

那幢天然哥德式危樓風格的舊大廈，曾有一房一廳的安樂窩。

兩人比中學時期更親密了。

「一切都過去了，我們現在自由了。我們無法選擇父母，但現在，我們可以選擇自己的人生。」

亞舜開解雯雯的同時，也在開解自己。

求求老天，施捨幸福。

假如出生在好人家，誰也不想誤入歧途。命運給好人家的孩子那麼多選擇，卻對出身坎坷的孩子欠缺惻隱之心，不僅給他們苦難的童年，還在他們的人生路上布滿行差踏錯的地雷。

天若有情天亦老。

詩句是說倘若老天有感情，也會像人一樣變老的話，那麼老天也會同情人間的疾苦。

但老天就是無情的。

快樂的日子只維持了三個月……亞舜最終還是要跟雯雯訣別。

那是個殘陽如血的黃昏。

當亞舜到家的時候，發現路邊停了一架跑車。

那架跑車是藍寶牌的車款，本來在香港也很常見，但那架車的外漆是罕見的金屬綠，因此格外惹人注目。

車牌是「BT624」。

隔著遮光玻璃，隱約只見車主是個男人，戴著一副太陽眼鏡，一手伸出車窗捻住菸蒂，一張等得不耐煩的嘴臉。

亞舜正欲上樓，卻發現雯雯站在大閘後面等他。雯雯雙眼通紅，當亞舜瞧見她挽住長筒旅行袋，心裡一陣揪緊，便知道到了離別的時候。

「亞舜，對不起，我要走了，很抱歉我不能跟你繼續下去……謝謝你給過我的幸福。」

匆匆告別，她哭成淚人兒，帶著笑魘吻了吻他的臉頰。

他忘不了她上車的背影。

那架跑車轟隆而去，如同鬼魅一樣帶著她一同消失。

亞舜只是無言凝噎，呆住了好久好久。

於是，這一天之後，他的生命不再有她。

沒有她的夜晚，每一晚都很漫長。

悲歡離合是人生常態，但誰料到那晚之後，竟然就此音信全無？

那段日子，亞舜常常盯著手機，她沒打電話給他的話，他也不會主動找她。

他曾跟她約定，就算她跟了男人結婚，將來也希望收到她的喜帖……只要她幸福，他就會祝福。

「如果妳遇上壞男人，說一聲，我一定幫妳去揍他！有人敢欺負妳的話，我一定要他跪著向妳賠罪！」

彼此是中學同學之時，亞舜已對她說過這樣的話。

三個月後，終於有了雯雯的消息。

那是她的死訊。

關於死因，親屬避而不談，舊同學之間訛傳是自殺。

乍聞噩耗，亞舜悲痛得食不下嚥，真的整整一週沒進食，因為血糖過低而住院。

亞舜絕不相信她是自殺而死，因為她沒有跟他告別。

又是殘陽如血的黃昏，亞舜重踏和她牽手走過的路，來到無人的小公園，才發出哽噎的哭聲。

有一個地方，曾讓他魂牽夢縈，因為那裡有他心愛的女孩。

有一段回憶，結局令人心碎夢滅，灰燼鋪滿無情的歲月。

曾經滄海難為水，除卻巫山不是雲。

亞舜穿著香奈兒的黑色長褲，出席雯雯的喪禮。

他披著短袖的西裝外套，戴著太陽眼鏡。

場內有個燒紙錢的金爐，當亞舜將新買的香奈兒手袋拋進去的時候，在座有兩個姑婆竊竊私語：「天呀！那是冒牌貨吧？」、「絕對是假的……白白燒掉幾萬塊，哪有人會不皺眉的？」

亞舜上完香，三鞠躬，脫下太陽眼鏡，來到雯雯媽媽的面前。

「伯母請節哀，我是雯雯的中學同學，她以前排球隊時的隊友……親如親人的最好拍檔。」

亞舜一說完，瀟灑而去。

雯雯媽媽看著眼前的年輕人，實在認不出他是哪一位同學。

在她收拾舊相簿的時候，看過雯雯參加排球隊時的照片，那些照片全是女生的合照，就連領隊也是女老師。

雯雯媽媽喃喃自語：

「排球隊？哦！我有印象，難道**他**是……」

4

記憶從不死。

風已起。

亞舜身處九龍某大廈的天台，俯覽鬧市和街巷裡密集的小人兒。

經過慈雲山一戰，亞舜和林炅已成了江湖的紅人。事隔一個月，亞舜拿到手的二十萬獎金，差不多已經花光，所

以他殷切期待下一場江湖球賽。

天台是球隊私密的練習場，入口沒有招牌，只有牆上那四個毛筆塗鴉的「**精武道場**」大字。

亞舜換好運動服之後，沒有上場熱身，卻躺在安全圍網旁的太陽椅，懶洋洋看風景。

球場上只有林炅和吳法兩個人。

這個週六下午，蒙剛親自召集團操，說有江湖大事要宣布。林炅和亞舜都相當守時，雖是當家球手，卻總是比其他隊友更早到。平山泊是江湖第三大幫，給林炅安排最好的跌打師傅，養傷一個多月，林炅胳臂的肌力已完全恢復，經過醫師覆檢之後，終於可以重投訓練。

網前，吳法舉臂過頭，往高處拋出一球。

臂展如同長棒，掌勁響如鐘磬，那一球由林炅擊出，便似閃電一般掠地，只聞其聲不見其影。

——要是有人能接應你的快傳，那樣的快攻絕對天下無敵！

亞舜看著林炅的時候，竟想起故人的一番話，不禁啐聲道：「真討厭。」

這個由蒙剛「撿回來」的小子，憑著兩場球賽揚名立萬，如今其他幫會的球隊都在打探他的底蘊，憂心江湖的秩序就此改寫。

這一年間，平山泊連獲亞舜和林炅兩名猛將，雖然振奮人心，難免樹大招風，就看幫主墨守城如何自處，在這個亂中有序的世界打出一片天下。

風又起。

吳法打歪了，排球朝亞舜的面門直飛。

林炅大喊一聲：「小心！」

亞舜竟沒抬頭，也沒閃躲，只是瞟了一眼，等到排球逼近頭頂，彷彿要砸中他的眉睫，他才隨手輕輕一托。一下轉折，順勢施力，將那球的軌跡由直變曲，滑不溜丟的泥鰍似的甩上半空，回傳排球場的方向。

整個過程，亞舜一直坐著，身子基本上沒離開過太陽椅。

飄晃的排球落在林炅的正上方。

林炅心中歎服：「坐著也托出這麼精準的球！這個人深不可測！」

　　初中時，林炅遇過不少全國好手，卻未見過像亞舜這樣的天才舉球員。亞舜之強，不僅在於傳球精準，而在他出神入化的二次進攻，如同暗器一樣直擊對方的要害。

　　蒙剛說過，只要平山泊的王牌組合練出默契，絕對有稱霸江湖的本事。可是，林炅覺得與亞舜之間有無形的隔閡，這個長髮帥哥就像一面冰牆。例如，上次在餐廳的廁所裡碰頭，亞舜就立刻溜進了廁格，沒有站在林炅身旁的小便斗……這件小事傷害了鐵漢的心靈。

　　舉球手和扣球員心靈相通，才能成為最佳拍檔。林炅回想從前，球隊為了訓練默契，真的要求哥兒們交換內褲來穿，這樣的奇招最後證明是有效的，克服了心理的障礙，就會突破友情的藩籬。

　　林炅有心示好，便持著排球，走近亞舜那邊，開口誇讚：「亞舜，謝謝你……你好厲害！總是給我傳出那麼好打的球。」

　　亞舜擠出一個笑容，語氣沒有絲毫熱情，說道：「傻子，我只是利用你，利用你來幫我賺錢。不過，你這個人沒甚麼機心，和你合作賺錢應該不錯。」

這番話太過露骨，林炅一時無法回應。

怔了一怔，林炅才問：「亞舜，有件事我一直想問你……像你這種大學生，前途無可限量。你參加江湖球賽……就不怕會毀了你的前程嗎？」

這番話，也是道出林炅自己的心聲。

亞舜保持斜躺的坐姿，反問道：「你覺得，唸大學是為了甚麼？」

借問題令人反思，答案已是不言而喻。未待林炅回應，亞舜已說下去：「你還看不透這城市的本質嗎？我唸大學，只是別無選擇的選擇。如果我有更好的選擇，可以改變人生，當然不容錯過機會。」

不管是甚麼樣的社會，都會有一套遊戲規則。最初遇上姚水蜜，亞舜聽到江湖球賽這回事，就覺得是天賜的發財機會。管他的規則有沒有道理，在香港這樣的地方，當職業球員只會吃癟，當江湖球手卻可享富貴，亞舜當然要利用個人的天賦，好好賺取人生第一桶金。

隔了半晌，林炅又問：

「所以……排球對你的意義，就是代表了賺錢嗎？」

亞舜清了清喉嚨，才一鼓作氣說下去：

「不然呢？難道是為了男人之間的義氣嗎？再者，賺錢有何不好？你是低下階層出身，應該比誰都更明白窮得見鬼的可怕吧？」

林炅驀然想起前女友常娥的事，當一個人沒錢，人生就會少了很多機會，甚至無力決定自我的命運。這段時日與江湖人士打交道，令他這個傻小子終於開悟，情與義值千金，重點乃在「千金」兩個字。出來混，看重的是面子和錢，刀口舔血，一切就是為了爭名逐利。

就在林炅尋思之際，門口那邊傳來玥兒的叫聲：

「救命啊！」

鋼門敞開，玥兒慌慌張張走來，臉上的驚色不像是裝出來的。這個玥兒善於交際，黏上林炅之後，亦很快和平山泊的隊員混熟。只見玥兒跌跌撞撞地跑過來，嚶嚀一聲，直撲入林炅的懷裡。在旁的吳法白瞪著眼，亞舜忍不住嘟噥一句：「好會演啊！」

林炅尷尬地問：「發生了甚麼事？」

玥兒急道：「電梯壞了，我走樓梯上來……有個怪人一

直追著我跑！他手上拿著好恐怖的東西！他說，他知道樓上是平山泊的地盤，便要我幫他按密碼開門⋯⋯」

吳法一怔道：「難道是仇家？」

玥兒道：「不曉得呢！對了，他的容貌是外國人⋯⋯」

林炅和吳法均感惑然，同聲吐出相同的疑問：「外國人？」

玥兒點了點頭。

林炅又問：「是個金髮碧眼的洋鬼子嗎？」

沒想到玥兒猛地搖頭，未待林炅追問，她已指著門口那邊大喊：「他來了！就是他！」

門口那邊出現高大的人影，黑凜凜一大漢。

深藍背心紅短褲，明明是俗氣的便服，卻因其人八頭身的身材，顯露出魁偉的氣魄。

此人來勢洶洶，粗眉下的大眼露出凜冽的目光，一副好勇鬥狠的惡相。林炅凝神一看，便理解了玥兒的意思，儘管此人鬢髮烏黑，應是亞裔人士，五官卻比本土華人深邃，鼻寬唇厚，渾身肌膚是天然的深褐色。

誰看見此人緊握的東西，心頭都會一震。

那東西是一顆大榴槤！大得如同巨人使用的流星槌。

正當林炅愕然之際，那人已道出來意：

「我是來踢館的！林日火在不在？」

5

「林日火」所指之人，無疑就是林炅。

林炅無緣無故惹上麻煩，盯著眼前這個「非華裔」的亞裔漢子，只感到不知所措。林炅瞥見亞舜在旁翻白眼，瞧他這副嘴臉，竟似認識眼前這個突如其來的怪人。

膚色黝黑的漢子性情急躁，指著林炅問：「你就是林日火吧？」當林炅點了點頭，正欲澄清自己的真名，那漢子已連聲喊話：「你沒聽懂嗎？踢館！我要踢你的館！你快出來和我單對單決鬥！」

亞舜露出不屑之色，忍不住插嘴：「中文真爛。」

誰都聽得出來，這番話正是嘲諷對方誤用了「踢館」這個詞。

那漢子衝著亞舜道：「干你屁事！」

　　吳法躍到兩人之間，興沖沖道：「俞輝大哥！你終於歸隊了！太好了！」沒想到吳法平時傻頭傻腦，這一刻竟然化解了劍拔弩張的氣氛。

　　林炅心念一動，對俞輝這名字有印象，曾聽聞自己入隊之前，球隊有一位脾氣火爆的當家球手，因為與亞舜在比賽中鬧翻而離隊。看來正是眼前此人，只是林炅萬萬沒想過，俞輝竟然不是華人，而是所謂的少數族裔。

　　平山泊排球隊出現這一號人物，玥兒巴頭探腦看著俞輝，小聲問道：「你是印度人嗎？」

　　說者無心，聽者有意，俞輝無名火起，瞪著玥兒道：「印你奶奶的印度人！妳再說一次，我就要揍妳啊！我是香港人！」

　　確實如此，這個人的廣東話字正腔圓，講得比林炅更標準，就跟土生土長的香港人無異。

　　玥兒吐了吐舌頭，繼續躲在林炅的後面。

　　亞舜翻然站起，故意走近俞輝。根據球員檔案，亞舜的身高有一米七七，但俞輝還是比他高出一截。亞舜一點也不怕俞輝，以輕蔑的語氣道：「這麼久不見，還以為你滾去

了巴基斯坦！你是怕自己的地位被搶走，所以才急著回來吧？我告訴你哪，這位小兄弟可比你強多了，你回來也只是坐冷板凳！」

俞輝悶哼一聲，一雙拳頭捏得格格作響，在場誰都聽得見這種嚇人的聲響。最無辜的可是林炅，他甚麼話也沒說，就被亞舜推進了火頭，陷入尷尬萬分的局面。

當俞輝直瞪眼的時候，林炅忍不住聳了聳肩。俞輝是有點瘋有點狂，卻不是真的精神失常，與林炅無冤無仇，就不會胡來動手。就像一座冒煙不爆發的火山，俞輝按捺住怒氣，向林炅伸出手掌，大聲道：「男子漢會在球場上證明自己！總之沒比過，我心裡就是不服！小弟，你是真漢子的話，就跟我決鬥吧！」

俞輝有一雙很大的手掌。

這雙手掌真的很適合打排球。

林炅道：「決鬥這種說法太誇張了⋯⋯就當是練習切磋好不好？不過⋯⋯排球一對一打不成，我跟你要怎麼比？」

俞輝道：「自定規則就可以了！我們這一場單對單的決鬥，可以自己接球，自己托球⋯⋯總之把排球擊入對方的場

地，就是得分。」

這樣的規則簡直是超級亂來。

林炅喊道：「大哥，我可不會分身術啊！」

其實一開始看見這傢伙帶榴槤上來，就知道他是個獨行其是的怪人。

俞輝逕自走進了球場，單手抓起了排球，先聲奪人道：「我有兩大成名絕招，江湖人人都畏懼。吳法，這兩大絕招的名堂，就由你來告訴這個小弟吧！」

就在林炅的耳邊，亞舜冷笑道：「跟這種人當隊友的話，智商會變低的。」

吳法真的聽從吩咐，應話道：「俞輝大哥的兩大絕招叫⋯⋯**鳳凰幻影**和**劈開宇宙掌**。」

當吳法說話之際，俞輝繞著雙臂，神色間滿是悠然自得的傲氣，果然只要自己不尷尬，尷尬的就是別人。玥兒皺眉瞪眼，林炅無言以對，皆是正常人該有的反應，而亞舜更是連翻兩次白眼。

這時候，吳天也上來了天台，一見俞輝在場，怔了一怔，便過去勾肩搭背打招呼。緊隨在吳天後面，餘下六名隊

友一一到場，由於電梯故障，所以比約定的時間遲到了五至十分鐘。眾人熟知俞輝的個性，對於他尋釁惹事的行為，絲毫都不感到意外。

林炅和俞輝分別站在球網的兩側底線。

俞輝將排球拋向對面，張開手臂，大吼道：「我讓你先開球，見識一下我的**鳳凰幻影**！」

本來是熱身的時段，竟變成林炅和俞輝首度交鋒。眾隊友樂於看好戲，紛紛注目隊中這場王牌之爭。

6

隔著球網，俞輝低蹲著身子，向林炅叫陣道：「放馬過來，發球吧！讓你看看甚麼是『第一張膠椅』！」

林炅想了一想，才聽懂是「第一把交椅」的意思。

他接受這樣的挑戰，並不是爭著當第一，而是想探一探這位隊友的底蘊。他天性敦厚，深信兄弟情，排球這項運動最重視團隊合作，你罩我時我亦罩你，默契絕對是取勝的法門。

　　所謂不打不相識，林炅相信經過這次的較量，他可以更瞭解俞輝這位隊友。

　　球在半空。

　　林炅助跑之後，轟出最擅長的跳發球，因為是初次試探，這一次擊球只用了五成功力。

　　急旋的排球飛過網頂，俯衝直墜。

　　砰！

　　俞輝跨步來到接球的位置，但他舉臂的時機太慢，接失了這一球。

　　儘管失分，俞輝臉上毫無氣餒之色，只是跺足喊道：「他奶奶的！只差一點！」

　　林炅看著彈飛到場外的排球，暗裡嘀咕道：「差得可遠呢……」像他這個水平的球員，一眼就瞧出俞輝剛剛的姿勢一塌糊塗。

　　吳法主動當球童，一馬當先衝過去撿球。當吳法將排球拋給林炅，林炅揮臂單手停球，瀟灑轉身的當兒，排球毫無偏差落在他的胸前。眾隊友見到這一手俊功夫，暗暗都在喝采。

　　時值十一月，午後的陽光並不熾烈，倒是俞輝的目光異常熾烈。林炅被他這樣瞪住，心裡不免一凜，想道：「他曾代表球隊出戰，豈會是三腳貓角色？可能他只是未進入狀態！再試一球看看吧！」

　　第二次發球。

　　為了看清楚俞輝的本領，林炅故意瞄準俞輝開轟，接球的一方就有時間做好低手接球。

　　「砰」的一聲，俞輝正面托起了來球，力度卻太過猛烈。仰頭只見反彈的排球越過了天台球場的圍網，接著往樓下的橫街直墜，也不知會不會砸中路人……高空擲物是刑事罪行，但黑社會的哥兒們只會視若等閒。

　　林炅這次看得一清二楚，初學者常犯的錯誤，手臂不直、時機不準、力度不到位、誤用掌根接球……俞輝無一遺漏做出了錯誤示範。

　　場外的亞舜哈哈大笑，向俞輝冷言冷語：「笨蛋門外漢！不知道你有沒有自知之明……你的對手還沒有出盡全力！這小子認真打的發球，速度至少快兩倍以上啊！」

　　俞輝惱羞成怒，指著亞舜罵道：「你閉嘴！我已摸清了

他的路數。下一球，我一定攔得住！」皮膚黝黑的一個好處，就是不會面紅耳赤。

俞輝鬥志昂揚，擺出「馬步站樁」的姿勢，正面向著林炅，喝道：「臭小子！你是瞧不起我嗎？我是遇強愈強的運動員！下一球，你要使出百分之百的全力，聽到了嗎？我會吞噬你的！」

吞噬……

這是多麼令人尷尬的詞語。

不管俞輝是否托大，林炅尊重對手，下一次發球就會出盡全力，而且會瞄準對面場地的斜角。

「接招吧！」

林炅吶喊助威，疾衝之際伸展雙臂，利用起跳的衝力擊球。

曙光的一擊！

比起先前兩球，這一球的飛行速度更快，威力更大。

出乎林炅的意料，早在他起跑之前，俞輝已展開行動，竟然不退反進，衝到了網前。

「鳳凰幻影！」

當俞輝喊出這一聲，人已縱身躍起，在球網前舉臂展開攔截。

未聞其聲，先見其影，這次的發球就像被三稜鏡折射的光束，直接回擊林炅那邊的場地。

原來，「鳳凰幻影」是攔網的招式，形容球員攔網時雙掌展開的模樣，就像大鳥展翔高飛時的雙翼。

剛剛俞輝那一招得手，成功擋住發球。

不過……

林炅冒出冷汗，怔怔道：「對發球的攔網……不是違反球例的嗎？」

其他隊友鴉雀無聲，皆像稻草人一樣無言以對。亞舜張大手掌掩著眼皮，彷彿他不這樣做的話，就會翻白眼翻到後腦勺。

是的……

自排球運動定下球例的第一天，攔截發球已是絕對不行的違規行為，會如此違規的球員都是天下第一等笨蛋。

不知由何時開始，球隊助理姚水蜜也到場了，站在一群臭男人的中間。姚水蜜穿著一件花衣，衣紋並不花俏，而

是白色T恤上真的有朵大黃花。姚水蜜拿著一本記事簿，走近林炅道：「江湖球賽有個排行榜，俞輝大哥的犯規總數名列第一……不過，他的攔網次數也是全江湖第一名。」

收集數據是助理的職責之一，姚水蜜本來是電腦白痴，但她報讀了工人會的課程之後，現在已經是使用分析軟件的高手。

林炅目光大亮，真心感到興奮，向俞輝道：「攔得住我扣球的人，在香港你是第一個耶……你不愧是江湖最強的攔網手！」

「江湖最強」四個字深得俞輝的歡心，俞輝特地鑽過網底，大力甩掌拍了拍林炅的肩膀，仰首大笑道：「哈哈，因為我的血統，我都跳得特別高！爆發力勝過一般人。」

忽聞吳法和吳天大喊：「蒙哥！」

眾人同時望向門口，就看見站在門口的蒙剛。

俞輝一見老大來了，就將對決拋諸腦後，先跑去拿起大榴槤，再奔到蒙剛的面前，說道：「大哥，我來向你賠罪。這是比貓王榴槤珍貴的『獅王榴槤』，希望你大人有大量，上次害球隊輸掉，我知道錯了，請讓我歸隊……」

　　蒙剛二話不說，摟住俞輝的胳膊，大笑道：「你回來就好！我們非常需要你的戰力。」一轉身，蒙剛向著眾人喊話：「江湖將有大事發生，平山泊能不能重振聲威，就看這一次機會！」

　　眾隊員隨即豎起耳朵，全神傾聽蒙剛去開會帶回來的重大消息。

　　蒙剛朗聲宣布：

　　「過年之後，江湖將會舉行排球大賽──**全港十八區極道排球爭霸戰**！」

7

　　天台有間陋室，室中有塊大牌匾，寫著「**忠義堂**」三個大黑字。

　　滿室都是榴槤的氣味，有人聞一聞就流口水，有人卻覺得奇臭無比，這種熱帶水果集凡人的愛與恨於一身。蒙剛坐在單人座的檀木沙發，一盤切開的榴槤果肉呈奶黃色，由俞輝親自端上茶几，蒙剛賞面吃了一塊，豎起拇指讚好。

玥兒掩著鼻，林炅也陪著她站得遠遠的，除了因為不適榴槤香，他也因為自覺是晚輩，所以敬陪末座。

縱使俞輝行為乖張，對著蒙剛都會收斂，真的敬他是老大一樣⋯⋯而俞輝亦將自己當成老二，大剌剌坐在三人座檀木沙發的上席，一個最接近蒙剛的位置。

雖然林炅願意為平山泊披掛上陣，但他始終是個品學兼優的中學生，內心總是誠惶誠恐置身局外，不會主動過問江湖事。不過，吳天和吳法這對難兄難弟都是大嘴巴，常常透露八掛聽到的風聲，因此蒙剛當天早上跟了墨幫主去開會的事，林炅多多少少都會略知一二。

如今蒙剛回到球隊的秘密基地，終於可以卸下緊繃的面皮。他張開雙臂，往後躺在檀木沙發的靠背，如釋重負地說：「早上六大幫派『飲茶』，我真是緊張死了⋯⋯我也是頭一次見識這種大場面。不少長老級大人物都來了⋯⋯喫茶喫了足足七個小時，中間有人動粗翻桌，有人因為放了個屁，就被按住塞藥⋯⋯好在，最後還是達成共識。」

「飲茶」是個切口，黑幫當家和長老聚首談大事，通常都會包下整間酒樓，各自派出武夫在門口駐守。

在場九名隊員聽到蒙剛這麼說，都曉得這次開會非同小可，談的一定是江湖大事。

蒙剛突然轉變話題，問道：「大家有去過將軍澳嗎？我沒記錯的話，阿貓你好像搬了去將軍澳，對不對？」

阿貓是個二十多歲的小混混，白白瘦瘦，嵌著一個尖尖的翹鼻子，正職是「盤踞」殯房，向殯儀業者徵收保護費。這個百無禁忌的阿貓，在蒙剛面前躬身哈腰，低聲道：「是的。早兩年的事啦，那邊的樓價比較便宜，我家老娘和老子去做開荒牛。」

蒙剛讚道：「你雙親有先見之明，將軍澳這地方極具升值潛力，那邊將會陸續有大型屋苑落成。」

二〇〇五年的將軍澳尚是新興的市鎮，地鐵站才通車不久。阿貓仰起了臉，興致勃勃地說：「我覺得也是！今年年初，那邊的發展項目招標，各大地產商搶地，投標史無前例的熾熱。」

蒙剛點了點頭，又道：「嗯。墨當家投資『磚頭』很有眼光，他早就說過，將軍澳填海之後，東北發山，西南發水，在未來二十年大興土木，地價必將騰飛，註定是兵家必

爭之地。」

言下之意，就是這塊大肥肉惹人垂涎，任何公司或組織都不會放過。

玥兒不識好歹，插嘴道：「咦？平山泊也有經營地產業務嗎？」

蒙剛沒怪她不分尊卑，答話道：「暫時沒有。但只要和地產相關，就是一筆大生意。一大片新型社區發展起來，涉及的經濟利益可是超乎想像！我舉一個例子好了，地盤每天都會開工，那麼多工人都要吃飯，一年三百六十五日，乘以那麼多人，單是外賣便當已是穩賺幾百萬的飲食生意。」

這番話傳入林炅的耳中，真的刷新了他對世事的認知，就像上了一堂震撼的人生課。以前的他只會死讀書和練排球，根本不懂社會有這麼多「潛規則」，竟然連賣飯盒都有這樣的眉目。

蒙剛挺身正坐，肅然道：「此外，當然還有其他不便明言的好處。和其他幫派不同，我們平山泊的原則就是不碰毒品。十八區極道排球爭霸戰，哪個幫會拔得頭籌，就可以率先入區『插旗』。」

聽了蒙剛的消息之後，吳法一直在旁摩拳擦掌，興奮得流出兩把大鼻涕。他憋了很久，到了這一刻，終於忍不住出聲：「我們平山泊有亞舜和林炅這對拍檔，等於吃定了必勝麵！」

俞輝聞言，用力悶哼了一聲，誰都聽得出他有多麼不服氣。

「未必。」

蒙剛甩了甩手，續道：

「這次的大賽是團體戰。」

此話一出，一眾隊友愕然，林炅最先開口問：「團體戰？所以是六打六的正規排球賽嗎？」

蒙剛卻搖了搖頭，解釋道：「不，一樣是二對二，江湖球賽老規矩。同樣要比三局，三局兩勝，不過有兩項特別規定——」他豎起了兩隻手指，又道：「出場的球手組合不准一樣……此外，同一名球手最多只可以出場兩局。」

說到兩項特別規定的時候，蒙剛故意加重了語氣。除了頭腦簡單的傢伙，眾人立即想到重點——就算亞舜和林炅這對組合再厲害，最多也只是穩贏一局。

蒙剛忽然側臉盯住俞輝，伸拳輕碰他的肩膀，說道：

「輝，這是讓你大展拳腳的機會。我們的正選陣容少不得你！剛剛我正愁如何排陣，就碰見你回來了！」

俞輝當下拍了拍胸脯，昂然道：

「大哥，你想拿我的命去用，我的命就給你吧！吃刀山，賣油鑊，我一定會拚命的！」

江湖六大幫定下這樣的規則，雖然不一定是針對個別組織，但終究是削弱了平山泊和新浪幫的優勢。新浪幫得到雷造極這名悍將，而平山泊就有林炅和亞舜這兩張王牌，經慈雲山一戰傳遍了江湖，自然成為其他幫派顧忌的對象。

新浪幫崛起，平山泊谷底反彈，畢竟只是這三個月內發生的事，然而十五艮和海棠社帶頭舉辦十八區爭霸戰，早就是勢在必行的計劃。這兩股最大的勢力人才濟濟，遠勝其他幫會，敲定團體戰的規則，當然是有百利而無一害。

蒙剛鬥志高昂，誓要替平山泊爭勝，打破兩大幫壟斷的局面。

亞舜久久不說話，一開口就問：「打贏十八區爭霸戰，我們這幾個當球手的，會有甚麼好處？」

俞輝發出「嘖」的一聲，顯然在鄙視亞舜的勢利眼。

「爭霸戰的冠軍獎金有五百萬。」

蒙剛頓了一頓，又道：

「墨幫主有言在先，這筆獎金會按勝局分派給出場的球手。球隊論功行賞，不講輩分，墨幫主甚至私人出錢，只要球隊每過一關，誰有功有勞，他都會重重有賞。」

室內一陣緘默，只剩下吞口水的聲音。

成年人的心裡都算得出來，只要分得到冠軍獎金，就會夠錢付頭期款，在將軍澳那邊買得起房子！

亞舜雙眼發亮，一改懶洋洋的態度，喃喃道：「我一定會認真練球的。」

蒙剛一笑道：「今晚有比練球更重要的事，我們要去看江湖球賽。」

亞舜道：「江湖球賽？」

蒙剛立刻回答：「十五艮的球賽。據聞伏虎與狂龍都會出場，機會難逢，讓你看清楚他們的本領。」

伏虎與狂龍——

林炅早就從亞舜的口中，聽過這對組合的名頭。

這兩人就是江湖公認最強的組合！

8

當晚，平山泊一眾球手浩浩蕩蕩，驅車直入粥糕灣，觀摩十五艮的球賽。

粥糕灣猶如遠離塵囂的天堂，聳立著仿中世紀的城堡，一排童話式的度假屋臨海而建，僅百步之遙即可到達真正的大海。棕林樹影，水清沙幼，此地就像一片隱藏在煩囂城中的綠洲。

正在擴建的園區湧進人潮，這些人大都穿著黑衣，百嘴百舌，亢奮雀躍，猶如黑夜中的夜行性動物。

那裡有地盤，那裡就可以舉辦江湖球賽。

香港的土地貴絕全球，十五艮貴為本地第一大幫，豈會錯過淘金的機會？十五艮當晚解決的只是小恩怨，要搶傾倒工程廢料的生意，對手是一個叫「展鵬兄弟會」的組織。

兩架改裝客貨車，駛入一片沒有畫線的泥地，這裡早已停滿了車，形成一大片不尋常的車陣。蒙剛下車，點好人

數，便率領隊員們前進，這時候當真有江湖大哥的風範。

眾員來到地盤入口的時候，玥兒指著不遠的夜空，驚叫道：「煙花！」

林炅仰望空中的煙花，心中也是驚歎不已，做夢也沒想過，香港竟有如此夢幻的地方——吳天說，附近就是三個月前開幕的「D樂園」，政府劃定租界，交由老鼠族外星人管理。吳天還信誓旦旦地說，如果他在聖誕節前泡到妞，他就會帶妹子過來，感受一下睡公主的歡悅……

場內壁壘分明，十五艮的旗幟下方擠滿人頭，人數是壓倒性的多。蒙剛一進場，便回頭道：「我們與展鵬兄弟會互相關照，一直沒有利害衝突，大家都是『老表』，所以今晚受到邀請，來幫他們吶喊助威。」

「老表」是同行的意思。展鵬兄弟會的門生也不少，目測至少近百人，但比起十五艮的陣勢，很明顯相差大約一倍的人馬。

竹棚是本地建造業獨步天下的技藝，集工程學與力學於一身，相傳源自上古時代的有巢氏。排球場的四側，都有用竹枝搭成的三層看台。玥兒纏住林炅，林炅跟著蒙剛，一

同沿著人字梯攀上最上層，屁股坐在橫桿上，離地約有兩米高，由高處看清楚球場的全景。

林炅心道：「比想像中穩得多！真是有夠厲害的，這麼短的時間，就搭出這幾排看台，簡直神乎其技。」畢竟因為他們是上賓，才能坐在上席，其他輩分較低的社團成員只能站著觀賽。

球賽在十分鐘後開局。

俞輝坐在蒙剛的另一側，由於他嗓門大，就算壓低了聲音，林炅還是聽得見他的耳語：「蒙哥，我中文不好……想問一問，全港十八區極道排球爭霸戰，那個『極道』是甚麼意思？」

蒙剛徐徐道：「這是日本人對黑社會的稱呼。我們始終不可太張揚，要給警方面子，就要講得比較隱晦。」

六大幫派共抱振興中華的美夢，早就立下憲法一般的鐵規，只許華裔或土生土長的香港人替幫會出戰，這個規定就是杜絕有組織鑽空子，由海外招攬外籍的排球員。

十五炅第一，海棠幫第二，如同少林和武當，球手慕名入會。自從江湖以球賽解決紛爭，平山泊連年失利，日漸

衰落，墨守城接掌當家之位，意圖力挽狂瀾，難得有了像姜雅虎這樣的人才，卻被新浪幫挖角。

　　幫中長老曾對墨守城問罪，就在他有感地位不保的時候，林炅就像不請自來的「哮天犬」一樣駕臨，替平山泊拿下漂亮的勝仗。

　　「時來運轉，這場爭霸戰我們可以一拚！」

　　當天的聯會結束，墨守城就顯得野心勃勃。在墨守城的眼中，這次的極道排球爭霸戰，也是江湖幫派重新洗牌的排名戰。

　　眼前是燈光聚焦的排球場，蒙剛凝思之際，忍不住向隊員吐出心聲：「我們要奪冠的話，就要闖過伏虎和狂龍這個難關。」

　　林炅在旁聞言，便問：「伏虎與狂龍，他們有何來歷？多大年紀？」

　　出乎林炅的意料，蒙剛竟搖頭道：「其實，這對組合非常神秘。我只知道他們非常厲害，戰績是全勝，出道至今戰無不勝。」

　　吳天坐在前一排，忽然興致高昂，回頭搭話道：「我有

江湖傳聞分享！這對黃金拍檔合作無間，就是因為他們有同

一樣的出身，都是同一間『名校』的畢業生。」

林炅納罕不已，問道：「名校畢業生？」腦海中浮現出

自己的同學，幾乎全是家境富裕的紈褲子弟，打排球的意義

只是為了獎盃。

吳天豎起拇指，對著自己的下巴，得意揚揚道：「在此

也不怕告訴你，我出身的中學也算是名校……鑰智中學，你

有聽過嗎？」

林炅正要承認自己孤陋寡聞，玥兒卻代他回答：「我聽

過！那不是葵青區最爛的 BAND 3 中學嗎？」

吳天往鼻子裡呼了呼氣，才道：「我們心目中的名校，

跟書呆子心目中的名校是不一樣的。」

林炅一臉愣然。

吳天續道：「我小學留級兩次，成績墊底，被丟到鑰智

中學。結果因禍得福，只要我報上自己的學校，其他學校的

孬種都不敢惹我。」

吳法最愛和吳天一唱一和，這時也忍不住插話道：「真

羨慕你！我自小有病，只能唸特殊學校。」

正當林炅無言以對之際，吳天滔滔不絕地說下去：

「唉！我的中學稱得上是強校，但畢竟只是一方之霸。真正的名校中的名校是陳羅閻中學，他們的學生還未畢業，就已經是各大幫派網羅的對象，其中又出了好幾位堂主級的猛人！」

吳法忽然大喊：

「陳羅閻！你說的是深水埗的陳羅閻？」

吳天點了點頭，又道：

「正是！陳羅閻中學是『萬人景仰』的名校，全世界都公認他們的武力超強，他們要認第二，就沒有學校敢認第一……對了，我要說的就是這件事。根據江湖的小道消息，伏虎和狂龍就是陳羅閻中學的畢業生。」

吳天一面吹噓，一面流露出仰慕的神色。

林炅抹了抹冷汗，轉念一想之後，終於放下偏見——行行出狀元，處處有西施，一間中學除了評核學生的智力，為甚麼不可評核「武力」？

玥兒哼了一聲，冷冷道：「那間甚麼閻羅王中學，真的有你說的那麼厲害？」

這番話略含不屑之意，但吳天聽不出來，繼續暢所欲言，吹噓道：「當然！學生打架打到叫白車，上課聚賭看黃書……這些都只是等閒事。陳羅閣中學的風雲學生，都有反黑組列隊親自接放學，去警局參加課後活動。這才是真真正正的囂張，自古英雄出少年！」

吳天竟懂得引用諺語作結，林炅不由得另眼相看。

咚、咚、鏘！

就在此時，鑼聲大作。

十五艮竟然有舞獅隊，伴隨兩名主將上場。

兩條華麗鮮豔的醒獅左右開路，一人舞頭，一人舞尾，腳步匆促而不脫序。

而在兩獅闢開的中路，一高一矮兩名男子昂首挺步，就像主演神功戲的演員，竟然戴著敷彩上漆的面具，完全罩住本人的真面目。

十五艮全陣喝采，喊聲轟鳴：

「伏虎吞雲！狂龍駕霧！」

9

這樣的聲勢簡直就像歡迎明星球員出場。

兩名球員同步邁出，各自戴著的面具都是相當精緻，一個彩繪黃銅花紋，一個塗滿青銅漆。

兩百名悍漢吶喊助威，如此聲浪非同小可，就像地鳴一樣震撼。

林炅暗自驚歎：「伏虎、狂龍不愧是十五艮的當家球手！」就算不用問，他也知道伏虎和狂龍只是綽號，隱姓埋名戴面具，就是不想暴露真面目。

蒙剛湊過來道：「戴著青色的面具那傢伙，就是狂龍。而較矮的那個球手，那張花貓一樣的臉，就是伏虎。」

那種面具不是京劇和粵劇的臉譜，而是儺祭上使用的面具。自周朝開始，就有了戴面具跳舞的祭祀儀式。相傳有一位叫蘭陵王的絕世美男，當他帶兵打仗的時候，就會戴著表情凶惡的儺面具，成為威懾敵人的法寶。

那兩個面具只有眼睛和嘴巴開洞，可見伏虎骨碌碌的眼珠，加上他雙手擺在腦後的步姿，流露出一種輕浮的氣

質。狂龍的目光卻像寒刀一樣凜冽，直勾勾的瞪住排球場上的對手。

這兩人就像黑白無常的七爺和八爺，傳說中的勾魂使者，負責接引死人進入地府。黑白無常的民間形象是兩個高個子，狂龍符合昂藏七尺的標準，但排球場上的伏虎略為矮小，低於香港男人的平均值。

第一大幫的當家球手裝神弄鬼，這樣的球賽當真奇怪。但林炅漸漸可以理解，要吸引江湖人來當觀眾，娛樂性是不可缺少的要素。只是他萬萬沒想到，伏虎和狂龍會以這麼奇特的造型出場⋯⋯他年紀尚淺，未看過《筋肉人》這部卡通，所以不知日本的摔角比賽也流行這一套。

十八區極道排球爭霸戰的消息，半日之間傳遍了江湖，在場的目光偶爾會繞住林炅的身上打轉。林炅感受到這樣的目光，初嘗一舉成名的滋味，自己已成了整個江湖的大紅人。

當四名球手踏上排球場，球場旁的投影布幕就亮出了比分。

看眾席譁然之聲此起彼落，因為比賽尚未開始，展鵬

兄弟會已經領先十四分，布幕上的比數竟是——

兄弟會：14

十五艮：0

林炅不解道：「怎會這樣的？」

蒙剛道：「面對實力如此懸殊的比賽，強隊會開出『讓分』的條件。聽說這一場的盤口很誇張……想不到竟然讓十四分！」

林炅詫然道：「決勝分是十五分嗎？」

蒙剛點了點頭，又道：「他們就是有這樣的狂氣！囂張到了極點！難怪兄弟會願意應戰。明眼人都瞧得出來，十五艮派伏虎和狂龍上陣，只不過視為熱身賽，為十八區爭霸戰下馬威。」

只輸一分，就會輸掉球賽，十五艮不是過度自大，就是要展示第一大幫的氣魄。

明明展鵬兄弟會佔盡了便宜，兩名球手卻輸掉了氣勢，在伏虎狂龍威名籠罩之下，簡直淪為了兩個無名小卒。

這兩人身穿黑色運動衣，背號是「0」號和「1」號，林炅暗自就用號碼來稱呼他倆。

開賽的鑼聲一響，「0」號開出凌厲的發球。

林炅暗暗喝采稱妙，瞧得出那是排球高手才擊得出的發球。

眼見那球的落點是後場的死角，一個旋風似的身影滾過去──真的貼著地面翻滾過去，頭下腳上轉了一圈，施展雜耍一般的身法。

「伏虎！」

在十五艮群雄喝采聲之中，伏虎展露了這一手接球功夫，擺明是在炫技，偏偏又讓他穩穩墊起了對手的發球。

這一球直接反攻對面。

「0」號和「1」號重新組織攻勢，轟向遠離伏虎的另一側死角。

這期間，狂龍一直站在網前，頭也不回，沒有往後瞥過一眼，信任隊友的程度簡直不可思議。

那球再快也快不過伏虎的爆發力。

完美接球，一傳到位，狂龍立即扣殺得分。

兩人的默契天衣無縫！

強到令人毛骨悚然！

一高一矮，一陰一陽。

伏虎的守備範圍覆蓋全場，接球技術無可挑剔。

林炅見識到這樣的本領，不禁驚歎道：「好恐怖的反應速度！我猜⋯⋯他本來是自由球員吧？」

自由球員是排球比賽最特別的球員，必須穿著特別的球衣，專職後排接球的防守。

亞舜一直只是沉默地觀戰，這時也忍不住出聲，板著臉道：「不僅如此。」

果不其然，接下來伏虎的表現，顛覆了林炅對自由球員的想像。

只見伏虎接球之後，立刻衝近網前，同一剎那，狂龍將扣球的動作變化為托球。

「1」號高舉雙手，「0」號翹起屁股，皆被伏虎晃左切右的假動作騙倒。伏虎轉向繞到狂龍的右側，這一招就是所謂的「鬼切步」，像回馬槍一樣的聲東擊西。

六尺高的狂龍托出十尺高的高球。

伏虎雙腳封步起跳，彷彿施展輕功般絕塵而起。

他高高在上，直轟地面得分。

那是何等驚人的彈跳力！

排球是倚仗身高的運動，矮子通常站在後排接球，重守不主攻。

林炅萬萬沒想過伏虎能夠制空扣殺，越過球網和攔網的十指關。

耳側傳來俞輝的喊話：「好高的出手點！伏虎這名頭是騙人的，這傢伙根本是跳跳虎！那麼刁鑽的快攻，我也未必攔得住！」這番話由他這個攔網高手說出來，就是心服口服的讚美。

姚水蜜身兼球隊助理一職，便向隊員提供情報：「伏虎雖然只有一七零的身高……但他垂直摸高的記錄是三米三。他去打籃球的話，應該可以『入樽』。」

排球五技分別是發球、接球、舉球、扣球及攔網。根據姚水蜜手上的球員檔案，伏虎是接球Ｓ級和扣球Ｓ級的全能選手，憑著過人的爆破力和跳躍力，成功克服了身高不足這項弱點。

像伏虎這類型的排球員實屬罕見，林炅內心驚歎不已：「一山還有一山高，江湖果然是臥虎藏龍之地！」

局勢一面倒，不到一盞茶的工夫，十五艮一方已經連取七分。這場球賽採用舊式的「發球得分制」，只要「1」號和「0」號無法奪得發球權，十四分的優勢很快就會化為烏有。

狂龍是個深不可測的舉球員。

他的動作一絲不苟，姿勢堪稱是舉球員的楷模，夠資格成為教學影片的示範主角。

但他偶然會乘虛而入，使出神鬼莫測的怪招。

就像這一下，誰也沒料到他會在半空折腰，一招「**金魚擺尾**」，揮拳打出一記吊球，直接落在前場得分。

時而穩紮穩打，時而險中求勝，球風反覆無常，如同雙子座的人格，所以他才有了狂龍這樣的稱號。

姚水蜜唸唸有詞道：「攔網、發球和扣球……狂龍都有A級的水準，強得好像有三頭六臂。整體來看的話，他是個比伏虎更加全能的球手呢！」

江湖球賽各派兩人上場，規則比較接近沙灘排球，因

此全能球員佔有極大的優勢。由於戶外有風，托起的排球會有不規則的飄動，對二傳手來說是極大的考驗。而伏虎和狂龍最厲害的一點，就是可以互相替對方舉球，由此可見兩人的技術面面俱圓，默契方面亦無出其右。

由狂龍主攻的場合，戰術叫「**四海遊龍**」。

當伏虎突擊猛攻，不論他在哪個方位跳起，狂龍都能對他傳出精準的快球，這樣的戰術稱之為「**八方跳虎**」。

林炅暗道：「這兩人互相補強，進攻模式變幻莫測，不愧是戰無不勝的最強組合！」要是和伏虎、狂龍其中一人單挑，林炅尚且可以招架。若這一刻要和這對組合二對二交鋒，他自問真的毫無勝算。

展鵬兄弟會的會眾面如土色，球隊派出最強的球手，結果是如此不爭氣，別說是一分，竟連發球權都未曾到手，輸得天愁地慘，無顏見江東父老。

當伏虎快攻得手，拿下決勝分，十五艮那邊便喊出口號：「極道球王，伏虎狂龍！戰無不勝，雄霸全港！」

這番口號明顯是呼應即將舉行的大賽，十五艮全幫上下聲勢浩大，展現出志在必得的氣魄。

　　林炅和亞舜站在看台的頂層，縱使相隔六十來米，亦感受到伏虎和狂龍面具背後的目光。由此可知，這兩人也聽過平山泊這對新晉組合，現在終於搶回了風頭，讓世人想起誰才是稱霸江湖的王者。

　　砰！

　　一下刺耳的爆炸聲，穿透滿場嘈雜的人聲，那一聲既清脆又短促，震得人人耳朵發麻。

　　就像按下了「靜音」的按鈕，滿場的人聲在頃刻之間沉寂下來。

　　噤若寒蟬是大多數人的本能反應。

　　有些老江湖曉得是甚麼回事，立刻喊道：

　　「有人開槍！」

10

　　雖然那一聲異常響亮，但要不是有人提醒是槍聲，林炅還以為是鞭炮的爆炸聲。他只是個入世未深的中學生，遇上這種拍電影一般的荒唐事，內心的恐懼感倏然而生，當下

像驚兔一樣四肢發軟。

只見十五哽那邊的人馬有備而戰，亮出了西瓜刀、啤酒樽和鐵通。至於展鵬兄弟會這邊，儘管瀰漫著劍拔弩張的氣氛，眾兄弟仍是赤手空拳，面上都是懵然無知的表情。

林炅終於見識了江湖人士的械鬥──

即是俗稱的「開片」。

人聲鼎沸，不知由何時開始，伏虎和狂龍已消失得無影無蹤。

一個高䠷英挺的男人出來了，低垂的左手握住手槍，即時成為全場目光的焦點。此人一頭獅毛似的金色長髮披肩，身高一米八十以上，戴著茶色的太陽眼鏡。不像一般的小混混，他穿著白T恤和黑得發亮的西裝外套，明明是花花公子的外貌和穿搭，卻流露出令人窒息的凜然威嚴。

金髮男人每走一步，就拉緊右手握住的繩子，那根繩子的另一端五花大綁，緊緊綁縛住一個只穿內褲的男人。那個裸男鼻青臉腫，背後掛著一塊黃底黑字的大紙板，很明顯正在接受懲罰。

「跪！」

　　金髮男人喝令之下，裸男立刻屈膝跪下。這種懲罰的方式名為「洗門風」，沿自閩南一帶，極盡羞辱之能事。

　　目睹如此詭異的情景，眾人紛紛好奇裸男犯下甚麼天大的罪過。

　　林炅頭昏腦脹之際，又暗吃了一驚，因為金髮男人舉起了槍口，指向這邊的看台。

　　金髮男人看起來娘娘腔的，聲音卻異常洪亮：「展鵬兄弟會的彭老大，你的手下被我們抓包了。如果你不給全江湖一個解釋，就實在太不講道義了。」

　　言畢，金髮男人狠狠踢向那個裸男，令他像烏龜吃屎一樣趴在沙地上。

　　這邊看台的人終於瞧得見大紙板上的字：

有人主使我跟蹤伏虎狂龍，

觸犯江湖大忌，罪該萬死。

　　金髮男人成竹在胸，向展鵬兄弟會這邊興師問罪，大喊道：「這把手槍是由他身上搜出來的。這傢伙全招了！只

不過是爭生意，用不著玩到這麼大吧？你們這班男人愛玩槍嗎？嗬，我們十五艮奉陪到底！」

看台上下一陣沉默，展鵬兄弟們期待彭老大答覆，結果是希望落空，彭老大雙唇顫抖得說不出話。

金髮男人嘴角一揚，又大聲道：「冤有頭債有主，這是我們跟展鵬兄弟會的恩怨，不相干的觀眾請離場吧！」

蒙剛就等這一句話，當機立斷起身離座，率領自己的隊員離去。這一去的意思就是要置身事外，不管兩幫人的糾紛。平山泊八名隊員，再加玥兒和姚水蜜兩個女生，全都挨挨蹭蹭尾隨著蒙剛。

眾人邁向地盤出口，不禁都加快了腳步。

「剛剛好可怕喔！」

玥兒借機會摟住林炅的手臂，林炅一霎時心神恍惚，就讓她佔到了便宜。

蒙剛回頭瞧見林炅面青唇白，便道：

「無須擔心。大家剛剛都看到了吧？只要你是幫會的球手，這身份有如黃袍加身，誰敢動你們半根汗毛的話，都會成為全江湖的公敵。」

俞輝問道：「那個金毛的男人好踉喲！他是誰？」

蒙剛道：「他是十五艮的軍師，綽號『牛郎』，口才超級了得，男的被他駁倒，女的被他哄倒⋯⋯年紀輕輕就爬到這個地位，本事和頭腦都不簡單。」

難怪剛剛金髮男人一發言，十五艮眾員都一呼百應，挾著全港最大黑幫的威勢，就連展鵬兄弟會的彭老大都不敢吭聲。蒙剛早就察覺到風吹草動，瞥見彭老大的表情，不由得懷疑他真的做了虧心事。

一行人抵達外面的泥地停車場，林炅差點撞上蒙剛。林炅為了掩飾窘態，隨口就問：「過一會⋯⋯兩個幫派會發生混戰嗎？」

蒙剛輕歎一聲，才道：「我看未必。展鵬兄弟會總會有人來揹鍋。真的談不攏的話，十五艮勢力那麼大，兄弟會理虧在先，也不會冒死反抗。」

吳天插嘴道：「現在很少會『開片』的了！通常只是死一、兩個人，事情就會解決。如果你想看斬來斬去的血戰，我可以借一整套《股滑仔》的電影給你！」

當林炅失戀的時候，吳天也拿來一袋珍藏的《虎豹花

街夜繽紛》系列⋯⋯林炅家裡沒播放器，他就用這理由婉拒了，暗暗還是感激吳天的好意。

蒙剛、吳法、吳天⋯⋯林炅都當他們是好兄弟，但內心還是抗拒與江湖人物為伍。儘管改用比較文明的規則來解決恩怨，江湖人始終還是江湖人，本性還是好勇鬥狠，會用暴力來解決問題。

林炅眉頭深鎖，瞥了亞舜一眼，佩服這位帥哥一直處變不驚。不論是面對強敵，抑或是突發事故，亞舜永遠是心如止水，從未露出方寸大亂的模樣。

玥兒問出了林炅心中的疑問：「亞舜哥哥，遇見剛剛那種場面，你一點也不害怕嗎？」

亞舜一笑道：「怕甚麼？我在大角咀長大，這種事早就見慣了。界限街，大刀會，昔日的黑街暗巷，每天都是刀光劍影。」

亞舜正是在那樣的環境之下長大。

這個舉球手的二傳像機械般準確，他的本性也像機械人般冷靜。

可是，亞舜並不是真的機械人。

他是個有血有肉的痴情種子。

就在林炅和玥兒看過來的時候，亞舜的瞳孔突然擴張突出。

「那……跑車！」

說到這裡，亞舜的話聲就像墜崖似的停住，目光緊盯著停車場的另一端。下一秒，亞舜張手推開林炅和玥兒，拔足沿著車道狂奔，沒留下半句解釋。眾人大惑不解，怔怔地瞧著亞舜失常的行為。

只見亞舜追著一架綠色的跑車。

轟隆一聲，綠色的跑車就像火箭一樣加速，瞬間在黑夜之中失去了車影。

亞舜佇立不動，彷彿在凝望著一片虛影。

直到阿貓將客貨車開過來，亞舜才一臉惘然走回來。他走近蒙剛，雙眼突然放亮，徐徐道：「車牌是BT624。蒙哥，拜託你幫忙，查一查這架車的車主。那麼醜的跑車，我絕對不會認錯……」

未待蒙剛開口提問，亞舜已主動解釋：「那架車的車主，害死了我最深愛的女人。」

當一個人極度氣憤的時候，原來真的會咬牙切齒——這一刻的亞舜就像變了另一個人。

回程的時候，眾員分坐兩架客貨車，蒙剛安排姚水蜜陪伴亞舜。茫然間，林炅跟著蒙剛走上另一架車，兩人挨肩而坐。開車不久，林炅就聽見蒙剛忡忡道：「今晚會來這裡觀戰，肯定是社團中人。一般小混混哪買得起那種跑車？這下真令人頭痛，看來亞舜要惹的是不簡單的人物……」

有人的地方就有江湖。

有江湖的地方就有恩怨。

不管愛與恨，不理善與惡，老天只是個旁觀者，笑看人間悲劇。

天若有情天亦老，月如無恨月常圓。

林炅看著車窗外的月亮，想起這對自小熟背的名句。

逼上梁山

三人行必有白痴。
吳天似乎看穿了林炅的心思，
上前按住林炅的肩頭，
信誓旦旦地說：
「就算你不想替平山泊出戰，
我還是會把你當兄弟的。」
吳法也接話道：
「我們不是酒肉朋友，
我們是滴血兄弟！」

第十回

逼上梁山

1

一大早出門上學，林炅到了街口，就發現有人「埋伏」在他必經之路。

林炅定一定神，百般無奈地說：「又是妳呀？」

玥兒穿著另一間學校的校服，她拿出一個小布袋，笑瞇瞇道：「早安喔！你吃了早餐沒有？我昨晚想出了新的食譜，做了便當請你試吃……」

無事獻殷勤，非奸即盜。

儘管媽媽已調班，改了出門的時間，林炅還是疑神疑鬼，回頭看了後面一眼。有女生等他上學，又送上便當，難

免令人誤會他和她有曖昧的關係。

林炅接過便當的時候，臉上不帶悅色，說道：「欸，妳要過來之前，可不可以先打個電話通知我？」

玥兒噘嘴道：「我想給你驚喜嘛！你不喜歡的話，我下次會提早傳短訊。」

明明不順路，玥兒卻故意過來陪他上學，又要早起做便當，這樣的恆心真是令林炅歎服。玥兒看穿了他的軟肋，知道他節儉成性，所以不會糟蹋她送上門的食物。

近日，玥兒水汪汪的雙眼格外閃亮。

林炅與她對視，不知是否真的心有靈犀，他覺得她滿腦子都是那筆獎金的事。

全港十八區極道排球爭霸戰，單是冠軍獎金已可以分得一百萬。再加上墨幫主派發的特別獎賞，發財脫貧就看人生這一役。

昨晚球隊吃消夜的時候，玥兒說溜了嘴：「男人有了一百萬的話……他首先會考慮是買房子，還是娶老婆呢？」

二〇〇五年的香港，樓價尚未暴升，一百萬確實是很可觀的數目，夠買一戶小單位。就算林炅沒有法律常識，他

也聽過人云亦云的「離婚分一半」，要當一個英明的男人，就要慎選另一半。

林炅背上的書包，腳下的運動鞋，全部都是她買的。雖然林炅沒有直接花掉平山泊的獎金，但間接還是獲得了物質上的好處，說甚麼事不關己只是自欺欺人。錢已經花了，他也無力歸還，一想起那晚的槍聲和幫派人士的嘴臉，內心就會掙扎不已。

人生喲！

要做抉擇很難，因為一失足成千古恨。

林炅可以理解嫦娥的選擇，她選擇的就是最簡單的答案，只要有錢就能解決大部分人生難題。

由大連回來之後，每到了晚上，玥兒會主動打電話給林炅。林炅偶然會向她訴苦，她的確是個善解人意的聆聽者。只要林炅有心的話，把她追到手是易如借火的事，但他就是無法移情別戀，不想和她發展出超越友情的關係。

這個初冬的早上，兩人再過兩個街口，便是電車交匯處的巴士站，玥兒通常會在那裡上車。林炅本來想說：「妳怎麼老是纏住我？」但話到咽喉，立刻改口問道：「妳不是

自誇美若天仙嗎？怎麼不見有其他男生追妳？」

玥兒反問：「哼！你怎麼知道沒有？」

林炅心直口快：「因為妳有這麼多時間來找我……」

這番話傷害了玥兒，但林炅本性粗枝大葉，沒有察覺她表情上的變化。

玥兒忍住揍人的衝動，立眉瞋目道：「一日二十四小時，我施捨兩個小時給你，只是可憐你失戀呀！平均每隔兩天就有人向我示愛，很多男同學求我出去約會，我都不鳥他們呢！」

林炅聽了這種氣話，只是微笑以對。

到了巴士站，玥兒擺臭臉道：「掰掰！」

林炅揮手告別，便獨自上路，大約再走十五分鐘就到學校。現在林炅已懶得問她會不會遲到，也不管她是否有蹺課的打算。

一直以來玥兒的暗示，還有她做便當的心意，林炅豈會不懂？便當裡的菜色層出不窮，最近天氣轉冷，她要準備這樣的便當，不得不克服寒流早起，只是為了朋友一定做不出這樣的犧牲。

　　林炅一路胡思亂想，按住胸口，想道：「她對我算是有情有義，又是個美人兒……可是，唉……我知道，我的心無法接受她。」

　　一朝被蛇咬，十年怕井繩。

　　林炅經過初戀的失敗，總算長了一智，明白玥兒是為了錢才親近他，這樣的愛意恐怕只是海市蜃樓般的幻象。他會懷疑，也會擔心，假如有一天他失去賺大錢的本領，她就會反目無情捨他而去。

　　橫看豎看，她就是個貪慕虛榮的女人。

　　既然彼此的本性不相合，這樣的戀情何必要開始呢？

　　而且……林炅的學業成績出眾，難免有點瞧不起讀不成書的女生。林炅試過跟她一起做功課，她竟然問他計算機上的「SIN」和「COS」是甚麼意思……最匪夷所思的是她班裡的狀況，聽她說只要會背九九乘法表，數學成績便屬於中上的水平。

　　沿著斜路上去，就是聖祖書院的正門。

　　路邊豎立一排鐵絲網圍欄，欄後是正在整修的公園，只有大樹和花圃，沒甚麼好看的。平日直走直過的學生，這

個早上卻一反常態，佇足在鐵絲網前圍觀，格格的笑聲如傳染病般擴散。

那些笑聲令林炅回過神來，目光沿路掠過，鐵絲網原來都貼滿了「街招」，即是違法張貼的街頭廣告。眼前的街招每隔一米就有一張，粉紅色影印紙，直鋪到學校門口。有甚麼好看的？林炅萌生好奇心，便走近去看，哪想到一看之下大驚失色，一顆心遭遇暴風雪似的寒流。

街招上方置中的黑白照，就是林炅本人的學生照。

身旁有人朗讀紙上的黑字：「林先生，你在嗎？欠債還錢，天經地義。你是王八蛋，天下女人的共敵。你是窮光蛋，到處蹭飯當乞丐。你是大臭蛋，口臭暗病香港腳⋯⋯見字速還錢，否則再爆黑歷史⋯⋯」

唸到這裡，旁人忽然側目看著林炅。

因為身穿一樣的校服，加上胸口上的風紀襟章，林炅便知道此人是同校的師兄。

林炅頓時滿臉通紅，掩耳盜鈴走向馬路對面，感覺到背後一縷縷熾熱的目光，這一刻難堪至極，真是羞愧得想揭開水渠蓋鑽進去。

　　瞥眼間，玥兒竟然在斜路下方現身，喘著粗氣朝他而來。不多久，就到了可以對話的距離，玥兒歇了一口氣，急聲道：「我在巴士站等車的時候，發現了這樣的告示……都貼在你家門的附近，我都盡力幫你撕下來了。」

　　她手裡捧住一小疊粉紅色紙，統統都是印上林炅玉照的街招。

　　這種無中生有的惡作劇，明顯是衝著林炅而來。

　　他立時想起，一個多月前，曾有人在他家門外面淋紅漆，沒想到事隔一月又重來，而且變本加厲，直接要毀謗他的名聲，叫他抬不起頭做人。

　　玥兒道：「哇！玩到這麼大……你究竟得罪了甚麼人？要不要叫蒙哥替你出頭？」

　　林炅馬上搖頭道：「千萬不要告訴他。答應我，千萬不要多嘴，一個字也不能說。」

　　玥兒又問：「那你知道是誰幹的嗎？」

　　得罪了甚麼人？

　　林炅突然如夢初醒，有了街招這個明顯的提示，加上對方不僅知道他的住址，又有他的學生照……答案呼之欲

出，他立刻想到這是跟誰結下的梁子。

　　站在校門前，林炅悵然不已。

2

　　不用等到下課，第一節課的鐘聲一響，同學對老師喊完「GOOD MORNING SIR」，訓導主任就指名林炅出去。

　　還沒跨出門口，林炅就聽見背後的嘲諷：

　　「嗬！凶多吉少啊！」

　　整班都是男同學，他們毫不掩飾訕笑的嘴臉，這一點令林炅很是難受。林炅明明沒做錯任何事，卻遇上這種等同誹謗的無妄之災，面對凶神惡煞的訓導主任，也只好吞聲忍氣跟在後面。

　　林炅希望只是小事，無奈事與願違，驚動到訓導主任出馬，事態看來是非同小可的了。

　　直到這一刻，林炅始知學校裡有訓導室。

　　訓導室裡門窗緊閉，牆身彷彿滲透出一股寒流，連座椅也是冷冰冰的。

　　這位訓導主任姓秦，外號「霹靂火」，絕對不是好惹的角色。相傳在昔日容許體罰的時代，他隔著電話簿揮拳，可以打到學生內傷吐血。烏髮黑臉，常年同一款的格仔襯衫，他就是世人眼中典型的嚴師。

　　清者自清，不用怕的……林炅想好了自辯的解釋，等到訓導問起，他就會竭力澄清誤會。

　　沒想到訓導主任劈頭就問：

　　「林同學，你家裡的經濟是不是出了問題？」

　　這問題頗為唐突，林炅頓時一怔，隔了好幾秒，才激動地回應：「我沒欠人家錢！那是假的！冤枉我！雖然我家不算有錢，但日子還過得下去，我從沒……」

　　秦老師突然伸掌，做出切下的動作，打斷道：「我問過你的同學，他們說你最近『離奇地』變得富有，換了新書包，又穿上有品牌的皮鞋……你家裡是單親家庭，媽媽的職業是廚房女工，你哪來的錢買這些東西？」

　　來訓話之前，秦老師已翻閱學生檔案，因此對林炅的家境瞭若指掌。哪壺不提，卻提到娘親，當真是極大的侮辱。林炅受到這樣的委屈，卻又百口莫辯，喉頭像有一團著

火的棉花，吐不去又咽不下。添裝費都是來自江湖球賽的獎金，但如果他這樣解釋的話，只怕罪加一等，要是學校知道他和黑社會有關係，說不定會立刻踢他出校。

林炅啞口無言，因為他自知不善辭令，一急起來，廣東話就會不靈光。保持沉默是他最佳的策略，卻造成了秦老師的誤解，以為他是默認了一切。

秦老師在心中下了判書，橫眉豎眼，瞪著林炅道：

「中學生貪戀名牌不是好事！做人要有自知之明，等一下你去廁所，撒一泡尿自己照照！而且剛剛找過你的班主任，他向我反映，你這學期的成績一落千丈……沒有獎學金的話，你繳得起學費嗎？你自己想一想吧！」

這番酸言酸語完全不留情面，說到林炅的痛處。林炅胸口一熱，垂著頭盯著地板，欲哭無淚，說不出半句話。

是的……最近林炅在期中考失手，就連強項的理科都考砸了，就像吃了瀉藥一樣的一塌糊塗。失戀之後，他也失去了奮鬥的目標，整天心不在焉，讀書也不讀不入腦。

他本人最清楚原因。

因為他失去了夢想。

林炅忽然捏緊拳頭，向秦老師抗辯：「你相信也好，不信也罷，我真的沒有向人借錢！老師，求求你相信我！這只是惡作劇，我不小心得罪了人……」

秦老師不屑道：「你得罪了甚麼人？」

林炅有懷疑的對象，但未曾求證，不敢就此妄下斷言。林炅想了一想，支吾道：「一個……找我補習的女……學生。我不知道算不算勞資糾紛。」

秦老師嗔道：「所以你是承認這件事和你有關，對不對？」林炅頓時語塞，一個「不」字就像漱口水一樣，在他的口腔滾來滾去。

秦老師不耐煩，顯然不想再聽任何辯解，只道：「總之，我會通知你的媽媽，叫她來學校見一見我。」

這句話的力度猛烈無比，一下子擊潰林炅心中的防線。

林炅的感覺已由深深不忿，變成了逆來順受，咬著牙閉上嘴接受命運無情的鞭撻。林炅心道：「誰叫我窮？在單親家庭長大，又不是我的錯……我不怪媽媽，她一直含辛茹苦……我只怪那個拋妻棄子的男人。但，現實就是這樣，除了認命，我又可以怎樣？」

只好認命——

眼前的老師有權決定自己的命運，林炅不再在乎尊嚴，也不再強忍眼淚，以最卑微的姿態，哀求道：「老師，求求你……別要告訴我的媽媽。我可以向你保證，這樣的事不會再發生……求求你……」

男兒有淚不輕彈，但林炅不想令媽媽難過，只好揹上這麼一個大黑鍋。就算再爭辯下去，他也不覺得可以說服得了秦老師。

這樣的想法是對的，因為老師也擔心揹鍋，大事化小，小事化無，這才是在學校生存之道。對秦老師來說，最重要不是誰對誰錯，而是如何息事寧人，避免同樣的事再度發酵和鬧大。

秦老師沒有輕易饒過林炅，足足訓斥了二十分鐘，才讓林炅離開訓導室。

回去課室之前，林炅到廁所洗了個臉，瞧著鏡中的落魄相，自言自語：「成績達不到頂標，無法在公開試爭光，對學校來說，我就毫無價值了嗎？」

其實林炅心裡早就有了答案。

　　名校成績好，勝過其他中學，除了因為在收生方面佔盡優勢，也因為名校會「買人」，用獎學金招攬讀書郎。這已是行內人皆知的手段，由林炅進來這學校的一刻，就應該有這樣的覺悟。比起本地學生，林炅的英文不夠好，校方只指望他的理科全部奪 A，否則像他這種沒有背景的學生只是「棄履」。

　　當林炅回到課室，恰好是轉堂的時間。

　　男校生的嘴巴都很賤，與胡克隆要好的同學，肆意嘲笑道：「你的球鞋是借錢買回來的吧？我們這裡是名校，不歡迎乞丐！」

　　林炅自知不可惹事生非，只好縮起脖子，假裝充耳不聞，灰溜溜地回去自己的座位。

　　他的座位上有塗改液的字跡：

欠債不還，滾回大陸！

　　林炅視若無睹，不吭一聲坐下來，伸手摸進木桌的抽屜，又翻了翻書包，驚覺不見了文具。

　　最後，他在垃圾桶裡尋回筆袋。

　　這筆袋他用了很久，是媽媽買給他的初中升學禮物。

第二節課的老師來了，林炅表面沒異樣，但他內心都在沸騰，根本沒法好好專心上課。最寒冷的清晨已過，但林炅覺得凍欽欽的，就像有個水泵插在他的身上，不停吸走他的熱量。

環顧四周，林炅只感到孤立無援。高亮曾經是林炅在班裡唯一的朋友，但如今高亮卻目不斜視，裝出專心上課的樣子，明顯是在劃清界線。林炅並不怪高亮，因為如果不自保的話，在班裡也有可能淪為被霸凌的對象。

林炅終於明白，自己根本不屬於這個世界。

這是一間他高攀不起的名校。

他很討厭這些同學……他知道只要向蒙剛求救，就可以給胡克隆那伙人畢生難忘的教訓。

腦中一冒起這個念頭，林炅就緊緊掐住自己的大腿。

因為今天的事，他弄清楚了現狀，只要和黑社會扯上關係，就是跳到黃河洗不清。

要懸崖勒馬，還是……

林炅內心掙扎不已。

3

當天，林炅在學校過得很糟糕。

他本來就是別人眼中的怪傑，現在更像遭受譏笑的畸形生物。

校門在他眼中是地獄的出口。

一離開學校，林炅走進了公園，確認四周沒有同校的人，就拿出藏在暗格的手機。

球隊助理姚水蜜成立了短訊群組，群組成員只有蒙剛、林炅、亞舜和俞輝。姚水蜜都會發送短訊，密告關於爭霸戰的情報。

【今晚的練習時間是七時正，六點會有幫主贊助的雜扒餐。場地鋪好了新沙，健身器材也運來了，就缺一個真正的教練。】

【十八區爭霸戰的賽制出來了，確定就是淘汰賽。每一區只有一隊可以出線，我們決定要在灣仔區插旗，爭灣仔區的出線資格。銅鑼灣自古以來就是平山泊的地盤，我們要打響頭炮，絕對不能輸！】

【我畫了SWOT*分析表。我們球隊有個致命的弱點：蒙哥、亞舜和俞輝的扣球威力，都只是C級的水平。沒有強勁的扣球，就沒有得分的手段。】

【林炅：你是我們的王牌！唯獨你具備重搥得分的能力，所以由你出場的兩局必須全勝。全隊都靠你了！】

【亞舜：放萬二個心！蒙哥和我很清楚你的要求，你和俞輝是不可能合作的，排陣的時候會放棄你和他的組合，保證不會一起出場。】

雖然姚水蜜是出身「MK」的不良少女，但她打理球隊絕不馬虎，這個球隊助理做得相當稱職。

「為甚麼偏偏是黑社會呢？」

林炅讀完短訊的一刻，心頭一陣糾結。為甚麼偏偏是黑社會呢？他在心中已問過無數遍。在人情冷暖的香港，他好不容易找到容身之所，但那些真心對他好的夥伴，偏偏都來自黑社會這個圈子。

唉！

林炅仰天長歎，低吟道：「仗義每多屠狗輩！古語果然有它的道理。但，這豈不是天意弄人嗎？」

*SWOT：商業上常用的分析圖表，列出自身優勢、劣勢，以及面對的機會和威脅。

　　轉眼間，林炅已走進了地鐵站，帶著沉重的心情深入地底。當他在月台候車的時候，有位提著公事包的男人走近，拍了拍他的肩膀，好意提醒道：「你背後有東西。」

　　林炅怔了一怔，隨即撓手往背後一摸，抓到一張粉紅色的紙，就是早上的傳單。毫無疑問就是同班同學惡劣的惡作劇，林炅再看傳單上捏造的討債文案，只覺學生照的自己就像個小丑一樣。

　　突然，林炅好像瞧出了端倪，心中泛起了疑惑：「到處蹭飯當乞丐……蹭飯，就是跟著別人吃飯，這裡就是吃人剩飯的意思。奇怪！我吃剩飯那件事，應該只有胡克隆那伙人知道。這樣的話……莫非不是那位大小姐做的好事？」

　　兩個月前應徵補習老師，由於林炅曾在求職信貼上學生照，加上又在那位大小姐的閨房大鬧一場，所以他曾懷疑是她報復的手段。否則的話，又如何解釋傳單上學生照的來源？難道是胡克隆偷借他的學生手冊嗎？

　　敵暗我明，林炅一籌莫展。

　　列車開出的時候，他的反應是面紅耳赤。

　　列車到站的時候，他已將傳單捏成小小的一團，將羞

惱化為滿腔怒火。

報復，還是不報復？

林�相信借助平山泊的力量，很容易就會揪出栽害他的壞傢伙。

可是，用上這種手段的話，他就會泥足深陷⋯⋯這一路上，林㑇想了很多事情。

四點多的時候，林㑇抵達公共圖書館。他是資優生，數理方面天賦過人，來到香港讀書，只需要惡補英文科的成績。圖書館有英語科的歷屆試題，他原意想做聆聽練習，可是心亂如麻，始終無法集中精神。

時間差不多，林㑇上去平山泊的天台球場，大夥兒已在「忠義堂」裡聚餐。蒙剛、姚水蜜、俞輝和亞舜都在場，這個陣容就是代表平山泊出賽的A隊。

亞舜揮汗如雨，正用掛在脖子上的毛巾抹汗，一見林㑇入室，便道：「你來晚了！我已經獨自練過一輪。」

爭霸戰的冠軍獎金有五百萬。

林㑇第一次瞧見亞舜如此認真的樣子，就知道他滿腦子都是五百萬的事。論功行賞，任何正選出場的球手，至少

都會分獲一百萬的獎金……大前提是要一路過關斬將，除了登頂奪冠，其他排名都只不過是虛名，不會為幫會帶來實際的利益。

大餅只有一大塊，勝者為王，贏家獨得。

玥兒尾隨著林炅進門，擱下兩大袋外賣餐盒，便向他喊道：「我在後面叫了你好幾次，你怎麼都不理我？」

林炅猶豫了半晌，終於狠下心腸，說出震驚眾人的話：「真是抱歉……我對不起大家……我無法代表平山泊出賽。我今天上來……是來跟大家告別的。」

整間陋室只剩下電視機的聲音，姚水蜜和蒙剛面面相覷，俞輝則故意瞪大了眼睛。

亞舜最早做出反應，走近林炅，語氣異常冷冽，問道：「你在開玩笑嗎？」林炅神經質地假笑，點了點頭。亞舜握住林炅的雙肩，猛力搖了一搖，喝道：「喂！你在跟我開玩笑嗎？」

林炅別過了臉，垂頭道：「我在學校出了事，訓導主任盯得我很緊。」

亞舜連珠砲發地說：「當個乖孩子，寒窗苦讀，考上大

學，你以為就會豐衣足食嗎？NO！你太天真了。這裡是香港，窮人讀大學要借錢，當你還在償還學貸，你身邊那些有錢的同學已經鵬程萬里。」

這番話沒有令林炅動搖。

林炅用力咬了咬唇，回話道：「我就是過不了心裡那一關。」

亞舜發出冷笑的一聲，不徐不疾地說：「有了這筆獎金，你立刻就可以脫貧，翻轉你的人生階級。孫中山也加入過黑社會，既不是偷又不是搶……你以為人人都有這樣的機會嗎？用自己的天賦來賺錢，有錯嗎？」

林炅歉疚地說：「對不起。我今天很糟糕，沒有心情和你爭吵。」

亞舜冷冷瞪了他一眼，拋下絕情的一句：「我不管了！」接著就拿起運動長袋，轟門離開聚會室。俞輝湊近門口瞧了瞧，然後露出誇張的表情，指著林炅道：「你這次大條了！小白臉為人很小器，他不會輕易饒過你的。」弄致不歡而散的局面，林炅一時也是不知所措。

晚餐未涼，氣氛已涼透了。

　　由大連回來之後，林炅不時陷入精神恍惚的狀態，心思細膩的蒙剛又豈會瞧不出來？這個年輕人顯然對人生感到迷惘，對未來頓失方向。這時候，蒙剛沒有多說甚麼，只是拿出幾張照片，伸掌攔在林炅的面前。

　　蒙剛解釋道：「早上發生的事，玥兒都告訴我了。我派人跟附近的商家打招呼，索取閉路電視的錄影。昨晚深夜，有兩個金髮紋身的小混混貼街招。」對於還在追查兩人身份這件事，蒙剛則避而不談。

　　玥兒吐了吐舌，小聲道：「早上你叫我不要多嘴，我可沒答應你啊⋯⋯」

　　林炅沒把這件事放在心上，只是凝視那幾張照片。

　　小混混？整件事愈來愈撲朔迷離，林炅真的不曉得是否犯了甚麼劫煞，竟然無緣無故得罪了這麼多人。

4

　　離開平山泊這一週，暫且風平浪靜。

　　這段時日，林炅時常惴慄不安，擔心再出現那種追債

的惡作劇。胡克隆本來是他懷疑的對象之一，但看完蒙剛給的照片，林炅覺得胡克隆再大膽也好，應該也不會收買流氓鬧事。

林炅本欲專心讀書，但他根本提不起勁。有兩個晚上，他在自修室睡著了，趴在隔間的桌上，要勞煩圖書館職員過來叫醒他。

打睡前，林炅在筆記本寫了一行字：

「我的夢想是甚麼？」

醒後，重看這個令人困惑的問題，林炅自嘲地笑了笑，補上一個戲謔的答案：

「早點睡覺，夢裡甚麼都有。」

昔日的他曾經因夢想而強大，就像不倒翁一樣屢仆屢起。

失去了夢想，他就只是個普通人。

長街上孤獨的少年，一顆青春迷惘的心。

彷彿在一夜之間，他失去了曾經共患難的朋友，無意間拿出手機，再也收不到球隊的聯絡短訊。肚子咕嚕作響，林炅看了看手錶，驀然懷念練球後一起吃消夜的時光。

　　林炅歎道：「懸崖勒馬，回頭是岸，不就是我的希冀嗎？既然如此，我為甚麼會悶悶不樂？」

　　手機響起來了。

　　只有玥兒鍥而不捨，每晚堅持打電話找他。今晚，林炅陷入低潮，看見是玥兒的號碼，決定當作看不見，沒有按下接聽鍵。

　　母親鄭玉瑛察覺到林炅的異狀，林炅就說兼顧學業和兼職很難，他可能會放棄律師樓的工作。蒙剛不久前幫忙撒的謊，正好可用這樣的理由來圓謊。

　　翌日，週六的早上，林炅跟妹妹林希月一同出門。兩人的方向一致，都是公共圖書館。

　　途經玩具店，店外有扭蛋機。林炅瞧見林希月的眼神，便掏出一張百元鈔票，進店兌換硬幣。林炅一句「哥哥有錢」，就讓妹妹抽到滿意為止，一連抽了六次，終於抽中想要的豆腐寶貝。林希月喜孜孜道：「多出來的豆腐寶貝，我可以送給同學呢！」林炅聞言，露出自豪的笑容。

　　到了公共圖書館，各有各的活動，林炅要排隊進自修室，而林希月要去看書，還有參加工作坊。

林炅跟妹妹約好：「正午十二點，我們在正門這裡等吧！午餐我請妳吃麥多多！」

林希月大喜道：「謝謝哥哥！」

林炅年僅十六，發育期尚未結束，以前為了省錢，常常食不果腹。現在他有閒錢，走進麥多多餐廳，終於可以堂堂正正對收銀員說：「我要套餐加大！」

由奢入儉難。

自從點過加大的薯條和飲料，他再也回不了頭。

江湖球手是極為難得的絕世好工，即是粵語中的「筍工」。報酬優渥，排場又威風，林炅若說沒有因此感到可惜，這樣的託詞就是騙人的。一想到之後要再找兼職，可能又因新移民的身份遭受白眼，林炅不免感到焦慮和徬徨。

偶爾胡思亂想，偶爾寫寫模擬試卷，林炅看了看自修室的掛鐘，不覺已將近正午，快到跟妹妹約定的時間。去完廁所，林炅就在圖書館正門等候。

十二點十五分。十二點三十分。

妹妹林希月仍未出現，她沒有手機，林炅走遍各層尋人，始終不見其蹤，最後只好回到正門大堂。

　　林炅突然湧現不祥的預感：「奇怪了！她不會是回家了吧？我肯定她有聽見我的說話⋯⋯不會是出了事故吧？」

　　就在此時，有個頭戴髮箍的金髮男人現身，衝著林炅而來。此男一副地痞相，臂上有紋身，不像是善類。男人瞪著林炅道：「你是林先生嗎？我幫你妹妹捎個口信，她去了上環的港澳碼頭。」

　　林炅一怔道：「港澳碼頭？這是怎麼回事？」

　　那人歪嘴一笑，不作任何回應，就背著林炅邁步而去。林炅追上前，伸手去抓那人的肩膀，不料對方忽然旋身，伸腿將他絆倒在地。

　　這一摔非同小可，林炅痛得躺了好一會，當他忍著痛站起來，那個地痞男已不知去向。林炅焦心如焚，氣忿忿道：「妹妹怎會去了港澳碼頭？剛剛那個混蛋，看來不是主謀⋯⋯現在玩到綁架這麼大，實在是欺人太甚！」

　　貼街招潑紅漆，林炅隱約覺得就是黑社會的作風。蒙剛給的犯人照片，林炅一直放在背包裡，這一刻拿出來與地痞男的長相比對，真的至少有八分相似。

　　該不該報警？對方沒說半句恐嚇的話，這樣警方會受

理嗎？不過，如果此事牽連到黑社會，報警也未必有用⋯⋯

林炅左思右想，苦無辦法，唯有先過去港澳碼頭那邊看看。

不過半個鐘的車程，林炅就來到了港澳碼頭。這個碼頭幾乎無人不識，港澳者，就是香港與澳門的統稱。林炅也是第一次進來，向途人問路，始知入口位於商場的三樓。

眼前是人來人往的售票處，哪裡都不見妹妹的蹤影。林炅走來走去，不知如何是好，忽然有人在背後撞了他一下。林炅一時糊塗，正要道歉，那人卻指著地面，輕佻地說：「小哥，你掉了東西！肯定是你的東西！」

地上的東西是帶萬字夾的照片。

當林炅撿起來看，心臟彷彿被咬了兩口。

照片中人是妹妹林希月的側臉，她正站在離境的閘口，即是林炅現時身處的位置。翻到照片的後面，赫然只見幾行字：

只怪你得罪了不該得罪的人！

今午四時，不准遲到，

我在七公主賭場的哈根大等你！

．

　　此外，照片的萬字夾還夾住一張船票，登船時間是半個小時之後。林炅察覺有異，立刻尋找剛剛撞他之人，卻毫無發現，目光迷失在人叢之中。回想剛剛那一幕，只記得那人穿著破洞牛仔褲，不像是甚麼正人君子。

　　林炅既驚恐又憤怒。

　　這張船票的意思就是要他登船。

　　到底彼此有甚麼深仇大恨，要對他做出這麼過火的事？難得仇家主動露面，林炅決定要會一會對方，便轉身走向離境的閘口。怒氣填滿林炅的腦袋，當他稍為恢復冷靜，屁股已坐在船艙的軟椅上面。

5

　　快船尾吐白沫，轉眼靠岸澳門。

　　林炅走下飛翼船，到了入境的關卡，才猛然想起一事：「這裡有保安人員，假如妹妹被挾持的話，她豈會不出聲呼救？」

　　啟航前，林炅終於決定向蒙剛求助，但蒙剛沒接電

話，轉駁到留言信箱。錄音口信只講到一半，通話就斷線了，一出海就收不到信號。原來到了澳門就是跨境，手機沒開通漫遊服務的話，就只可以撥打緊急電話。

碼頭的店家有致電香港的服務，林炅本來想打給蒙剛，忽然心念一動，先打一通電話回家。自從林炅獲得一筆小錢，就幫家裡安裝了電話。下午這時段，母親有可能在家午休，林炅正犯愁要如何吐露實情，萬萬沒想到響了兩聲之後，聽筒竟傳來妹妹應話的聲音。

林炅大奇道：「妳在家裡？」

林希月也是一驚，支吾道：「剛剛我在圖書館等你……有個坐輪椅的哥哥過來，他拜託我幫忙，將錢包送去港澳碼頭……他說弟弟急著登船，去見他太太最後一面，但忘了帶錢包……」

原來對方利用了妹妹的善心，向圖書館借輪椅，再借她作餌，來誘騙林炅上船。林炅問清楚那人的特徵，便知妹妹口中的「輪椅哥哥」沒準是那個地痞男。

林希月嗔道：「他可以走路的？好過分！他騙我！他說會等你出現，代我向你傳話……結果也是騙我的嗎？他為甚

麼要這樣做？」

　　林炅悵然歎息，握住聽筒回話：「我也不知道……虛驚一場，妳沒事就好了。」

　　既然妹妹無礙，林炅大可一走了之。但這種惡作劇已等同犯罪，沒完沒了也不是辦法，難得幕後主腦願意露面，林炅考慮了一會，便決定依約赴會，過去跟那個「仇家」好好算一算帳。

　　兌換了一些澳幣之後，林炅便走出碼頭，第一次踏足澳門。

　　澳門，並不是龍潭虎穴，在這種有法治的地方，林炅不信對方能對他怎麼樣。他不是不知世途險惡，只是他天生就是鐵膽銅心，之前對著墨幫主也敢出言不恭，連黑社會也不怕得罪。

　　七公主賭場位於半島的花王堂區，一所葡萄牙式建築風格的酒店裡面，內設餐廳名店和海濱長廊。

　　哈根大原來是咖啡廳的店名，主賣高級的進口冰淇淋。林炅看見有爸爸將兒子丟在這裡，然後獨自進去賭場過一過手癮。

直到約定的四時正，林炅一直站在店外，全神戒備注視四周。又過了二十分鐘，還是沒有熟面孔的人現身，店內店外也沒有異狀。林炅心道：「難道我又被擺了一道？」

林炅正欲離去，一回過身，就差點碰到女途人。未待林炅開口道歉，這名女途人已開口：「嗨！林鯨先生！你真準時呢！」林炅定神一看，眼前是個體態輕盈的少女，身穿全白荷葉領洋裝。雖然她戴著太陽眼鏡，但林炅還是認出她來——就是那位曾找他補習的大小姐。當時兩人共處一室，他撥走她塞過來的錢，沒想到她記恨至今。

大小姐姍姍來遲，向哈根大門口的男侍應道：

「我有訂座，四點鐘。」

店裡只坐滿一半，男侍應拿起餐牌，就轉身帶位入座。儘管心中尚有不少疑團，林炅已可斷定她就是興風作浪的黑手。

林炅一坐下，就很不客氣地問：

「大小姐，請問怎麼稱呼？」

大小姐嘴角上揚，沒有說出真名的意思，回答道：

「我叫菲菲。」

　　對方畢竟只是個少女，林炅不想和她糾纏下去，主動釋出善意。他終於想起她姓潘，便道：「潘大小姐，我之前不小心對妳無禮，但妳也對我做出不少離譜的事……我們就此扯平，好不好？」

　　菲菲立即搖頭，先吐出一個「不」字，蔑視著林炅道：「只是我的事的話，我也不會對你斤斤計較。你得罪了不該得罪的人——這個人不是我。」

　　林炅一怔道：「還有誰？」

　　菲菲突然露出甜蜜的笑容，脫下太陽眼鏡，又由小提包裡拿出白色的皮夾。當她一翻開皮夾，林炅就看見她跟胡克隆的貼紙相合照。所有線索連成一線，林炅恍然大悟，秒懂了是甚麼一回事。

　　果然就是個情竇初開的有錢女，菲菲自我陶醉地說：

　　「上次我去看王子的比賽，終於有機會跟他聊天……一提起你，就發現我們有共同的眼中釘！你千不該萬不該，最不該是得罪他，於是我答應會幫他出氣。不過說真的，多虧了你，我和王子他變得親密了許多。」

　　聽到這裡，林炅好想怒罵一聲「狗男女」，這個女的腦

袋絕對有問題，不惜重金請小混混搞事，竟然只是為了討好胡克隆。

菲菲忽道：「約你來澳門見面，你猜得出是甚麼原因嗎？」林炅覺得此人不可理喻，揶揄道：「不會是要我幫妳補習吧？」

菲菲笑道：「我要和你對賭。我問過律師UNCLE，在香港，私賭是違法的。但在澳門，你一旦輸錢，我就可以合法向你追債。」

林炅差點想翻白眼，但還是沉住氣，嘲諷道：「我為甚麼要跟妳賭？」

菲菲就是蠻橫不講理，威脅道：「你不賭的話，你就會天天受到騷擾。」

女人最大的本領就是煩人，這一招絕對是殺手鐧，令無數男人吃盡苦頭。遇上這種小肚雞腸的瘋婆子，林炅只好自認倒楣，這一刻忽然很想成人之美，撮合她跟胡克隆，免得這種妖孽少女出來害人不淺。

林炅歎了歎氣，緩緩道：「妳查過我的家底吧？我沒妳有錢，全部儲蓄加起來，大約只有一萬……」

菲菲搶著道：「那我跟你對賭三萬塊吧！」

果然如林炅所料，這個壞心眼的少女一心只想他欠債。三萬塊對她來說根本不痛不癢，林炅不甘心吃虧，暗自盤算：「我一定要想辦法治一治她，給她狠狠的教訓！」躊躇了片刻，便示弱道：「三萬塊這麼多？我付不起喔……不過，只要是公平的賭局，我也有機會贏錢吧？我想知道，這個賭局是要怎麼賭？」

菲菲以為他要上當，難掩興奮之色，隨即向著店外招手。這是一張四人座，林炅早就料到她有同伴，回頭一看，來者穿著花紅柳綠的襯衫，臂掛一件西裝外套，正是林炅曾在豪宅見過的林管家。由於林管家貌似只有四十來歲，卻對這位大小姐唯命是從，所以林炅對他的印象十分深刻。

當林管家一坐下，菲菲便向林炅道：「林管家曾在賭場做過荷官，由他來當這場賭局的公證人，保證公平公正。我知道你成績好，所以賭局內容會跟學科相關，對你來說很有優勢……」

為了令林炅答應對賭，這個大小姐磨破嘴皮子。

林炅直截了當地問：「所以是賭甚麼呢？」

菲菲頓了一頓，才道：「HANGMAN。」

語畢，她擔心林炅聽不懂，立刻補上一句：「就是英語猜單字的遊戲。我將一個單字寫在餐巾紙的背面，擺在桌上，由你來猜。」

林炅裝出一副傻相，皺眉嘀咕道：「噢？這怎麼玩？妳可以講解一次嗎？」心裡卻在竊喜：「這一次逮到妳了！我小時候有一台字典機，最愛玩的小遊戲就是HANGMAN。哼！一定是胡克隆告訴她，她才以為我的英語底子不好，殊不知拼字是我的強項。」

這個猜字遊戲需要由兩人來玩，出題者先寫下一個英文字，再根據該字有多少個字母，寫下一列相同數目的橫線。每個回合，猜題者喊出一個英文字母，如果猜對了，出題者就要在相應的位置寫上該字母。至於總共有多少次猜字機會，就要由雙方協議。

等到菲菲講解完畢，林炅馬上使勁搖頭，露出為難的表情，不忿道：「妳贏了，我就欠妳三萬塊……三萬塊對我來說是大數目，但對妳來說只是零用錢吧？彼此的痛苦程度不一樣，這樣的賭局不公平耶……」

菲菲急道：

「那你想怎樣？我已經對天發誓，輸了就不會再來煩你，這樣你還嫌不夠嗎？」

林炅嗤之以鼻，決定要作弄一下她，便怪笑道：

「不如這樣好了，如果妳輸給我，我不要妳三萬塊，只要妳當我的女人就好了……一個小時就夠了，我可以保證自己是正人君子，不會對妳毛手毛腳。」

這番話太過荒唐，林管家和菲菲都吃了一驚。

頃刻間，菲菲滿臉通紅，悻然道：

「屁啦！放肆！」

眼見大小姐大失儀態，林炅自知激將法奏效，便繼續說：「放心啊！妳的管家在這裡看著，我也不能對妳做出甚麼壞事吧？我只是想妳感受一下甚麼叫尊嚴受損……怎樣？妳不願意的話，那我現在就要走啦。掰掰！」

菲菲咬著指甲，尋思了一會，終於吐出一個「行」字。她自忖有必勝的把握，不怕賣點便宜，只怕林炅不賭，因此才願意讓步。

打蛇隨棍上，林炅在規則上討價還價，好不容易雙方

達成協議：

一、賭局乃三局兩勝制，每一局會有六次猜字母的機會，猜對字母不算一次，皆由菲菲負責出題。

二、題目的英文字必須由六個字母組成，並且不能是眾數、變化時態或冷僻的生字，總之就是一定可以在中學課本上找到的字詞。

就這樣，賭約成立。

第一局開始，菲菲在餐巾紙上畫上一個絞刑台，台下有六條橫線。菲菲道：「好！我要叫你輸得心服口服。」

林炅決定由「e、a、i、o、u」開始猜，他知道五個母音之中，「e」的出現頻率最高。

喊「e」，不中。

「a」、「i」、「o」、「u」…… 皆不中。

林炅皺眉道：

「豈有此理……」

菲菲笑得嘴不合攏，得意地說：

「只剩一次機會！」

6

依照頭、軀、手、手、腳的順序，菲菲畫出一個火柴人。只差一隻腳，絞刑架吊著的火柴人就會成形。換言而之，只要林炅再猜錯一次，出題者菲菲完成整幀「吊死人圖」，就會取得第一局的勝利。

菲菲願意處處讓步，終於誘使林炅掉入圈套，答應這場HANGMAN的賭局。

倘若是標準的玩法，絞刑台亦需要逐步畫出來，因此猜字一方理應有九次的容錯機會。但這次的賭局有特別的協議，將猜字機會減為六次，對林炅來說實是大大的不利，只是他已經不可反悔。

第一局，林炅連續猜錯五次，菲菲心中暗笑：「嘿！你只剩最後一次機會，哪有可能連續猜中！男人就是這樣，總是小看女人！」

林炅沒有思考多久，便道：「Y。」

無音不成字，除了五個元音字母，就只有「Y」可以替元音來發音。

這一次絕對不可能猜錯，結果亦如林炅所料，菲菲終於動筆，寫下「**Y**」所在的位置：

$$\_ \ \_ \ \underline{\mathbf{Y}} \ \_ \ \_ \ \_$$

只要猜字一方沒有猜錯字，出題者就無法在絞刑台上添筆。菲菲暗道：「還剩五個字母，只要猜錯一次就結束了！」她這番心計確實沒錯，未出現的字母尚剩二十個，假如瞎猜的話，猜錯的機會率絕對遠高於猜得中。

林炅想了一想，面無氣餒之色，目光突然一亮。

「**H**……有沒有**H**？」

彷彿一針刺穿要害，菲菲整個人如同洩氣了一樣。接著她不情不願的寫下兩個「**H**」，絞刑架下的橫線只剩三個空格：

$$\_ \ \underline{\mathbf{H}} \ \underline{\mathbf{Y}} \ \_ \ \underline{\mathbf{H}} \ \_$$

只憑一個字，就逆轉了整個局面。

林炅露出胸有成竹的模樣，逐一喊出「**R**」、「**T**」和「**M**」三個字母。

如他所料，答案果然就是：

R H Y T H M

第一局由林炅先拔頭籌，菲菲氣鼓鼓地瞪住他，不忿道：「你不是瞎猜的！你一定玩過這遊戲，對不對？」

林炅不置可否，只是吐了吐舌，又再成功惹火了菲菲。沒有元音僅有「Y」的英文字，其實只有百多個，恰好是六個字母的更是屈指可數。聰明反被聰明誤，要菲菲隨便挑字，她的勝算反而會比林炅高，但她一心要玩弄林炅，結果就被反將了一軍。

林炅這一招「假痴不癲」大收奇效，不過難以故技重施，只能騙倒菲菲一次。菲菲不再輕敵的話，他就要賭運氣才會贏。

第二局開始。

菲菲唇紅齒白，皮膚也很白，這一刻整張臉如同白紙，令人看不透表情裡隱藏的心思。

林炅盯住她按住的餐巾紙，未能看破虛實，於是反其道而行之，由「U」、「O」和「I」開始猜，沒想到三次都

槓龜了，著了菲菲的道兒。都到了這個地步，沒理由不猜「**A**」和「**E**」，結果這兩個字母都出現了：

$$\_ E \_ A \_ \_$$

林炅心中糾紛，除了瞎猜，已經別無他法。可惜「**L**」不中，「**G**」和「**T**」又不對，合共猜錯六次，將火柴人送上了絞刑台。

菲菲扳回一城之後，即時變臉，展露誇張的表情，放聲嘲笑林炅：「答案是**RETARD**！呵呵呵！」她翻開眼前的餐巾紙，果然沒有騙人。

雖然輸了，林炅求知慾強，忍不住問：

「**RETARD**是甚麼意思？」

不料如此一問就是自取其辱，令菲菲笑得更加放肆，幾乎就要趴倒在桌上。除了飾演精神病人的女演員，林炅從未見過女生笑成這個樣子。

笑了足足半分鐘，菲菲才恢復常態，向林炅道：

「**RETARD**是甚麼意思？呵呵，只有**RETARD**才會問這個問題。」

　　聽到她這麼說，林炅便知道是個罵人的字，整張臉霎時紅得像猴子屁股。這個傲慢的姑娘超級記仇，竟然借這場賭局來羞辱他。這時候萬萬不可因慍怒而誤事，林炅深呼吸一口氣，準備沉著應對最後的一局。

　　這一局就是決勝局。

　　轉身不夠兩秒，林炅就聽見菲菲的話聲：

　　「好了！」

　　林炅凝視著菲菲，眼前這張狡猾的俏臉，流露出小惡魔般的笑意。

　　彷彿讀懂了她的心思，林炅有了難以言喻的自信，在猜字之前，出言挑釁：「左看右看橫看豎看，妳在我眼中都是個陰險小人。到了決勝負這一刻，我賭妳一會用出現率最低的字母──」

　　菲菲面無表情，似乎在隱藏內心的動搖。

　　林炅直截了當地說：

　　「Z。我第一個要猜的是 Z，對不對呢？」

　　因為林炅在數理方面有驚天的天賦，學習英語的時候，都會在意字母的出現頻率，曾經為此深入探究。以他所

知，出現率最低的字母是「**Z**」和「**Q**」，這兩個字母亦是「**SCRABBLE**」拼字遊戲中分數最高的字塊。

到了最後一局，林炅一開始竟然不猜元音，這一招兵行險著，就是賭菲菲會用最冷門的字母。

比起賭運氣，不如賭心理。

菲菲的表情不會騙人，當她面色驟變，林炅便知道自己押對了寶！菲菲悶吭一聲之後，便在兩條底線上填字，即是連中二元。林炅不由得喜出望外，這樣的開局堪稱是完美出擊。

_ _ Z Z _ _

有人說，君子坦蕩蕩。

又有人說，有仇不報非君子。

林炅選擇了後者，憶起菲菲對他做過的惡行，更加是火上添油。這一刻他得勢，便趁著機會，在嘴巴上佔她的便宜，調謔道：「一開始就猜中了？難道是天意嗎？哈！看來是天公造美月老牽線，妳註定要當我的女人哪！」言下之意，亦是提醒她已賭上自己的名節。

菲菲氣得別過了臉，與林管家交換一個眼色。

林炅為免對方使詐，立刻說出答案：「我直接說出要猜的字──U、L和E，兩個Z在中間，答案不是PUZZLE，就一定是BUZZLE。雖然JAZZER也有可能，但我不覺得課本裡會有這個字。」

眼見菲菲垂頭不語，林炅就知道穩操勝券。

正待菲菲認輸，詎料她使出殺手鐧，故意打翻水杯，浸濕整張餐巾紙。不只是林炅，連林管家也看得愣住了。一不做，二不休，菲菲發揮惡女本色，將濕掉的餐巾紙揉成一團，再捏個稀巴爛。

林炅怒道：「妳這是耍賴嗎？」

平生在他身邊出現的女性，像媽媽、妹妹、常娥和玥兒，全都是小鳥依人的類型，所以菲菲這種蠻不講理的惡女，真的超過了他容忍的底線。

菲菲還用力拍桌，驚動店裡的其他人。她擺出倨傲的姿態，說出一番詭辯：「不算！我說不算就是不算數！現在我不玩了！癩蛤蟆想吃天鵝肉，你有種就來我家找我吧！我爸爸是甚麼人你知道嗎？」

林炅不屑道：「管妳老爸是三皇五帝，都要願賭服輸。而且……妳是天鵝？我覺得妳比較像企鵝呢！」

菲菲道：「哼！總之你死定了！走著瞧吧！」

言罷，菲菲怒沖沖衝出店外。林管家放下一張千元鈔票，便尾隨潘家的大小姐而去。

林炅獨留原座搖頭歎息，這次給她還以顏色，雖然大快人心，卻也擔心她會秋後算帳。

俗言有云：「你做初一，我做十五。」

林炅打定了主意，要是她再派人到他學校製造麻煩，他也會到她的學校接她放學，來個同歸於盡，只有無恥才能戰勝無恥。

7

今晚的碼頭風高浪急。

當天林炅首次踏足澳門，真的是一趟難忘之旅——被迫上船和被迫賭博，這樣的事怎會不難忘？林炅根本沒心情遊覽，做過最像旅客的事情，就是買了葡國雞飯的便當。

　　林炅經歷了驚心動魄的一天，結果不僅沒解決問題，還可能招惹到更大的麻煩。

　　向家人和蒙剛報完平安，林炅就上船了，乘搭傍晚開往香港的噴射船。

　　天黑之後，艙窗外只有黑溜溜的海面。

　　林炅餘悸猶存，伸手摸進背包，指尖跳過學科筆記，取出剛剛在碼頭書店買的書，書名叫《你為甚麼是窮人》。

　　黑佛大學長達五十年的研究，已證明十個窮人裡面，有十個都是生於窮人的家庭。

　　窮人父母將窮人的思維灌輸給小孩，強調腳踏實地，寒窗苦讀才有出頭。殊不知有錢人都是不勞而獲，靠投資來拉開貧富的差距，就連他們睡覺的時候，祖傳的資產都在不停增值。

　　窮人生孩子是為了養兒防老（或者為了領取更多的社會福利），他們特別支持孝道這樣的觀念。可憐的窮二代要和父母分享人工，工作期間受到資本家的剝削，好不容易存夠錢買房子，卻只是掉入地產商的圈套，一輩子都只是被剝削

的奴隸。

吃不到的葡萄是酸的，在窮人的眼中，有錢人都是心靈空虛……事實上有錢人過得很快樂，他們常常捐出多餘的錢，後代也比較不會作奸犯科，因此他們往往比窮人有更高的機率上天堂。

窮人是地底泥，窮人是螺絲釘，窮人是永遠的弱者……

而最可悲的是窮人總會錯過致富的機會，將貧窮一代又一代遺傳下去。

林炅翻完整本書的時候，噴射船也靠岸了。

闔上書的一刻，林炅暗罵一聲：「滿書歪理！」不久，隨眾離船之際，他把這本書丟進船艙裡的垃圾桶，可是才走了幾步，又回頭撿回來。

外面是夜景絢爛的海港，太平山下萬朵亮蓋。

在這個紙醉金迷的鬧市，到底甚麼是正途，甚麼又是歧路，林炅已分不清楚，只感到迷失自我。

玻璃裡的倒影是多麼的落魄。

　　林炅長歎道：「沒財沒勢沒靠山……我這樣的人生，別說是自己，連家人也保護不了……」

　　回想三個月前，要不是蒙剛仗義出頭，林炅單憑正常手段，絕對不可能討回欠薪。別人不會怕他這個窮小子，愈老實的人愈容易吃虧，惡人和壞人永遠不會從世上消失。

　　林炅看著玻璃中的自己，捫心自問：「現在，不借助平山泊的勢力，我有可能擺平那個任性的大小姐嗎？」思前想後，還是揮不去這樣的煩惱，而他知道只要一開口，立馬就可以解決一切麻煩事。

　　他猶豫，因為他明白這是一條不歸之路。

　　「林日火！」

　　就在港澳碼頭的出口，有人叫停了林炅。林炅側過頭，就瞧見吳法和吳天這對同姓義兄弟。

　　吳法伸手繞到牛仔外套的背面，忽然抽出一根金屬球棒，著實嚇了林炅一跳。吳天大笑道：「蒙哥擔心你，便派我們來保護你。」

　　林炅道：「我的事……已經解決了。謝謝你們，我自己回家就可以了。」在平山泊最需要他的時候，他卻選擇了明

哲保身，既然作出了決定，就要和這圈子裡的人分道揚鑣，莫要虧欠更多的人情。

吳天似乎看穿了林炅的心思，上前按住林炅的肩頭，信誓旦旦地說：「就算你不想替平山泊出戰，我還是會把你當兄弟的。」

這番話令林炅鼻頭一酸，正不知如何回應，吳法也接話道：「我們不是酒肉朋友，我們是滴血兄弟！」

啥？林炅更加不知道如何回應，吳天便替吳法翻譯：「他意思是把你當血濃於水的真兄弟……不過，你別真的跟他疊拇指換血，這傢伙搞不好有愛滋病呢！哈！」

古人義結金蘭是要歃血為盟，但吳法和吳天哪懂得這麼深奧的典故，林炅忍不住笑出聲來。只要有這對活寶貝，就會鬧出無盡的笑話，林炅也享受跟他們一起混的時光，終於不再拒人於千里之外，一塊兒走路回家。

明月清風，三人在夜幕下穿街過巷，沿著電車路徒步。三人行必有白痴，有人陪自己談天說笑，林炅心中的陰霾也一掃而空。離隊後的這個星期，他飽嚐了寂寞的滋味，影子都像遊魂一樣孤行。同一樣的路，今夜多了兩條影子，

三人嬉鬧徐行，天真的笑聲帶走了一切憔悴。

　　偶然經過似曾相識的街道，林炅心中有所牽掛，便向吳天問道：「蒙哥有說甚麼嗎？」

　　吳天有話直說：「他說，他不會強迫你。一直以來都是你有恩於平山泊，你並沒有虧欠過我們。」

　　馬路對面的店家掛著異常熾目的招牌。

　　林炅想起來了，當晚也是皎潔的月色，在那間老麵店裡，聚麵為爐，插筷為香，他曾跟蒙剛行了結拜之禮。

　　——不願同年同月同日生，只願同年同月同日死！

　　雖然當晚只是一時興起，但林炅真的把蒙剛當成大哥，心裡沒忘記過當天的誓言。

　　隔了半晌，吳天又道：「蒙哥還好……倒是亞舜很恨你。他為人很小器，如果你還在球隊，他一定不會讓你好過……」

　　林炅不禁打了一個哆嗦。

　　吳天收起笑容，難得認真兮兮地說：「不過亞舜再恨你也好，也不會像你那些混帳同學一樣對付你。你不肯說出他們是誰，否則我們一定加倍奉還，將他們揍成豬頭！」

吳法打岔道：「我以前讀書的時候，每日放學，屁股都是紅色的！」

相識久了，林炅知道吳法有自閉症，所以才有溝通方面的障礙。

吳天指著吳法，解釋道：「那些壞同學欺凌他，脫他的褲子，用皮帶一鞭一鞭的抽打。他向老師告狀，但老師坐視不理。我第一次見到這傢伙，他就是遍體鱗傷，頭上爆缸一樣血流不止……要不是平山泊，我看他一定會自尋短見。」

吳法點頭如搗蒜。

BAND 1中學都有霸凌事件，BAND 3中學一定更加離譜。林炅心裡明白，吳法和吳天都是社會不容的人，卻在幫會裡找到了容身之所。驀然間，腦海裡蹦出某電影的經典台詞：「國泰民安，鬼才願意當乞丐呢！」

吳天又道：「林日火，你讀到書，一定當我們講的是屁話。但我不得不說，你就這樣離開的話，實在是浪費了自己的天賦。」

林炅黯然搖了搖頭。

吳天盯住林炅，悠悠道：「每個人投身江湖，都有一個

英雄夢，無奈大多數人只能跑龍套，當陪襯的小嘍囉。但你不一樣啊！在我們這些凡人的眼中，你的光芒就像星星一樣耀目。」

另一邊，響起吳法的聲音：「林炅火，你是一顆一級星！我不能成為你，但只要看著你跟著你一同閃耀，我就此生無悔了！」

林炅心有感觸，轉臉瞧著吳法，這個年齡比他大三歲的兄弟。

吳法很拚命苦練。

為了增強體能，他戒掉了最愛的香煙。

然而，他就是沒有運動天分。

餘下的路程，林炅都是心不在焉的模樣，因為他又再陷入迷惘。天時地利人和，他的天賦碰上江湖的特別規矩，英雄才恰好有了用武之地。由這角度來看，不是他要不要選擇江湖，而是江湖選擇了他這樣的人。

林炅腦中湧現站在球場上的回憶。

那種熱血沸騰的快感令人欲罷不能！

8

星期一的早上，林炅特別提早出門。

沿途，林炅留心每一面牆，生怕那些毀他清譽的傳單會再出現。

他早該明白，跟女生講道理是沒用的，尤其是菲菲那種大小姐，看她的樣子就是不會守信用。要女生心軟，向她求饒應該是最有效的法子，但他實在過不了這個心理關口。

林炅長吁短歎，自語道：「這樣的日子還要持續多久？我唯有安慰自己，多虧了這件事，我不得不早起，早點到學校備課……」

一路上沒有異常的事發生，林炅抵達聖祖書院的校門，才總算鬆了口氣。校園裡除了參加早訓的校隊成員，像林炅這麼早到的學生寥若晨星。

這是個難得寧靜的清晨，林炅終於可以專心複習。

如果每天都風平浪靜就好了。

他這個卑微的心願，進入課室的一刻就粉碎了。

「垃圾娘娘的兒子來了！」

　　一眾男同學交頭接耳，明顯是針對林炅，林炅聽不出剛剛的話是誰說的。

　　林炅一臉懵然回去座位，同學們異樣的目光令他很不自在。林炅再遲鈍也好，也知道自己的背後又有甚麼閒言閒語。不過，他前天和菲菲見面之後，總算知道了冤家是誰，這一切都是胡克隆在搞鬼。

　　高亮揹著書包出現了。

　　等到高亮回座，林炅向他伸出脖子，隔著空座，問道：「高亮，你知道發生了甚麼事嗎？怎麼大家看我的目光怪怪的？」

　　高亮有意迴避林炅的目光，遲疑好幾秒，才低聲道：「學校的網上討論區，有人貼了一則『勵志故事』……主角是你的媽媽，有人『讚揚』她辛苦倒垃圾，也要供你來聖祖書院讀書……」說到這裡，他瞟向前面，突然不再說下去，彷彿受到了審查般自動消音。

　　林炅整個人呆滯，半晌說不出話來。

　　眼前突然多了一條身影，林炅一仰起臉，就與胡克隆挑釁的目光交鋒。雖然那個潘大小姐同是一丘之貉，但說到

在背後煽風點火的小人，就是非胡克隆莫屬了。

胡克隆明擺著尋事生非，展示手機拍下的照片，訕笑道：「你老媽子真是偉大啊！難怪你身上總是有一股臭味，原來背後有暖心的故事……你早點跟我說嘛，我就不會歧視你吃剩飯！」

林戈怒火中燒，瞪住胡克隆，悻然道：「這是你幹的好事嗎？」

這伙人為了揭他的瘡疤，竟然前往他母親工作的餐廳，偷拍她在後巷丟垃圾的情景。而且在網上創作了一篇「垃圾娘娘」的文章，公開別人一家的私隱，明褒暗貶，這樣的事簡直是逼人太甚。

胡克隆一邊聳肩，一邊說道：「這不干我的事哪！請你不要冤枉我，好不好？我只是關心我的同學，問一問你家裡的情況，這樣也不行嗎？」

做人最忌是侮辱別人的娘親，林戈這次終於忍無可忍，倏地站起來推了胡克隆一把。林戈到底保持著理智，就在發勁之際收手，那一下只是輕輕觸及肩膀，只是沒想到胡克隆有心陷害他，倒地的反應極為誇張。

胡克隆順勢撥開四周的桌椅，造出重重摔地的假象。

桌椅砰然傾倒的巨響，驚動了每一個同學。

時機分秒不差，班主任恰好來到門口，瞧見了胡克隆倒地的一幕。

胡克隆的夥伴彷彿預料到這樣的結果，向林炅齊聲叫囂：「哦！你打人！」胡克隆也配合他們，低聲嚷道：「好痛啊……你出手好重……就算我關心你的話不中聽，你也不用動粗吧？」

在班主任的眼中，林炅就是動手的一方。

先撩者賤又如何？在班裡，無人願意站出來，無人幫林炅說話。

廢話少說，班主任必須解決這件事，先叫同學扶胡克隆去醫療室，再帶林炅去訓導主任的輔導室。訓導主任本已對林炅有偏見，憑同班同學眼見為憑的事實，就判定是林炅的過錯。

胡克隆用心惡毒，在期末考前鬧出一連串事端，就是意圖影響林炅讀書的心情。毀了他的成績，就是毀了他這個人。詭計如胡克隆所願的成事，戳中心裡的痛處，林炅真的

沉不住氣動手。最令胡克隆驚喜的是那個姓潘的富家女，雖然他對她只是虛情假意，她卻當真使出旁門左道的手段，貼街招含血噴人……不過，現在胡克隆怕惹上麻煩，都不敢接她的電話。

因為這件事，林炅被記了一個大過。

眾口鑠金，群眾壓力如病毒散播，所有同學都不敢靠近林炅。他本來就是同學眼中的怪人，現在簡直就像鬼見愁一樣。

9

同一天下午，林炅留在學校的圖書館，握得筆桿快斷似的，埋首做數學題。

家裡只有一張摺檯，只要他留在學校用功，妹妹就可以用那張摺檯來做功課。

此外，圖書館有大量題庫的結集，只要迫使自己在限時內完成，這樣就可以省下影印費。

不覺已到了圖書館的閉館時間。

　　林炅的書包放了在儲物櫃，當他在樓下走著，迎面遇見了高亮。高亮穿著排球隊的球衣，正拖滑著兩條長長的排球柱，看來很吃力的樣子。兩人交會之際，高亮竟然主動問候：「你還好吧？姓胡的做得過火了。」

　　聽到這一聲慰問，林炅苦笑道：「被記了一個大過。應該不會影響我將來找工作吧？」正奇怪怎麼只有高亮一個收拾器材，高亮已露出苦笑，解釋道：「姓胡的懲罰我……怪我早上跟你說太多話。早上我沒瞧清楚發生甚麼事，幫不了你說話，希望你不要怪我。」

　　林炅微微一怔，接著一笑道：「反正結果也是一樣。你有心就夠了。」

　　高亮繼續拖住兩條球柱前行，他的動作笨手笨腳，底輪的軌跡歪來歪去。林炅天生熱心腸，忍不住上前扶柱，嚷道：「我來幫你吧！」在他心中，就算高亮不是夠義氣的朋友，但至少是唯一肯跟他聊天的同學。

　　高亮點了點頭，喉頭發出「嗯」的一聲，眼珠兒溜了一溜。

　　往倉庫的路上，高亮有的沒有找話說：「姚老師想你加

入排球隊，他一直沒放棄⋯⋯他老是找姓胡的來勸你。」

林炅道：「噢？老師是瞎了嗎？還是當我是岳飛？」

高亮垂首道：「只要姓胡的一日是隊長，我勸你還是不要加入⋯⋯他放話說，只要你一入隊，就會甩門夾爆你的雙手。」

兩人各自拖著排球柱，來到禮堂底下的運動倉庫。倉庫門是敞開的狀態，林炅聽從高亮的指示，將球柱推向靠牆的角落。

高亮的話聲由背後傳來：

「林炅，你真是個爛好人。我本來要開口求你幫忙，但我未開口，你就已經過來幫我了。」

林炅沒回頭，有點不好意思地說：「我的性格比較像北方人，幫人幫到底，送佛送到西！」

高亮的眼神鬼鬼祟祟，但林炅一直沒有察覺。

「你這個性格，很難在這個社會生存。」

話音未落，高亮已竄出外面，關上了倉庫的門。

林炅後知後覺，當他衝近門口，已經來不及了，有人在外面搭上了鎖扣。

　　全學校只有倉庫用這種栓鎖，一來林炅之前並不知情，二來他誤信了高亮，結果自投羅網，上了大當。

　　──嘿、嘿、嘿！

　　隔著門，林炅也聽得見外面起鬨的笑聲。

　　當中夾雜了胡克隆的聲音。

　　林炅雙手捶門，怒吼道：

　　「放我出去！」

　　笑聲漸遠，戛然而止。

　　左一腳，右一腳，林炅不停用力踢門，都只像踢到了鐵板，始終沒有任何反應。倉庫裡有兩扇對開式的小窗，緊貼著牆頂。林炅找東西墊腳，嘗試開窗，卻由裡面打不開，定眼一看，才發現外面的窗框被掃帚卡死了。

　　這就是胡克隆為他布置的囚籠，把他當老鼠一樣玩弄到底。

　　「混蛋！卑鄙小人！放我出去！」

　　林炅吶喊，林炅咆哮，林炅怪叫，不論他如何大吵大鬧，就是無法驚動外面的人過來。學校裡有校工，但他未必會過來倉庫這邊巡視，臨近期末考，大多數課後活動都停辦

了，這時間留校的同學也不多。

倉庫唯一的光源來自小窗。

其實只要林炅打破小窗，對著小窗呼喊，聲音傳得更遠，就可以召喚救援。但時間快逝，當林炅想出這一招，已經錯過了求救的時機。林炅甚至懷著天真的憧憬，覺得胡克隆玩夠了，就會回來結束這場惡作劇。

結果，整晚都沒有人來解鎖開門。

林炅努力了不知多久，都沒法打開倉庫的門。

正如他的人生一樣，彷彿再努力也是沒用。

最可笑的是他到了這一刻，念念不忘的是讀書考試，惋惜的是今晚浪費掉的時間。

又過了不知多久，室內漸漸昏暗，小窗的光芒像燭光一樣微弱。

林炅坐下來省力氣，冥思道：「媽媽一定擔心得要命……我的朋友，她只認識蒙哥。她打電話找蒙哥的話，一定會害他操心……我為甚麼要受這種苦？我試過反抗，我試過死忍，結果都沒有好結果……」

這一晚，林炅在倉庫裡想通了。

·

　　人類只是進化了的黑猩猩，都是很喜歡建立階級拉群結夥，嗜血並愛用暴力來解決問題。

　　那些霸凌者會受到懲罰嗎？

　　恐怕不會。

　　霸凌者在學校成功，出來社會也通常混得好，因為他們懂得拉攏人心，將嗜血變為貪錢的慾望，玩弄權術排除異己，攀上更高的社會階層。

　　倉庫裡的空氣愈來愈濁，林炅開始感到呼吸困難。

　　胡克隆那伙人，根本不顧他的死活——除非他在這裡缺氧而死，他們才知道這樣做的後果有多嚴重。

　　但林炅決不會坐以待斃。

　　咭！

　　小窗的玻璃粉碎散落，稀里嘩啦，隨著投擲過去的鉛球落地。

　　絕境之下，林炅終於打破心中的底線。

　　月光和清風由破窗竄進來。

　　林炅抱住最後的希望，向破窗呼救，結果也是徒勞，校工都早已下班了。不過，當林炅盯著開了洞的窗口，心靈

竟有一種獲得釋放的感動。

又冷，又渴，又餓。

倉庫裡有藍色的厚墊，林炅躺在上面睡覺，熬過這一晚應該不成問題。如廁就靠俗稱「雪糕筒」的三角錐，倒轉就是尿桶。寒風由破窗竄進來，林炅躺在冷冰冰的厚墊，彷彿有種躺在雪地的感覺。

儘管口乾舌燥，他知道自己不會死，因為每天都有體育課，到了明天一定就會有人來開鎖。

他要記住這種又冷又渴又餓的痛苦。

入睡前，林炅揮拳打在厚墊，立誓道：

「胡克隆，我終有一天會還以顏色！我一定會叫你嘗一嘗被踐踏的痛苦！」

他在黑暗中仰臉，盯住透光的窗口。

彷彿只是一眨眼的事，那個窗口的黑色變亮了。

窗口向東，黎明之光。

叩！

叩、叩！

這是敲門的聲響，蓋過了啁啾的鳥聲。

　　林炅即時醒轉，向著門框疾聲呼救，竟然聽見吳法和吳天的回應。原來兩人由蒙剛口中得知林炅出了事，便徹夜不眠的尋他，攀牆潛入學校，展開地毯式的搜索，結果立下一功。

　　吳天弄來了鑰匙，當他瞧見林炅「出獄」，便道：

　　「我們一起去吃早餐吧！你穿著校服，可以立刻回來上課。」

　　吳法捏得拳頭格格作響，憤憤不平地說：

　　「這次你別勸我！你的一塊肉，就是我的一塊肉！我這次一定要替你出頭去揍人！」

　　對著這兩個熱血的「江湖兄弟」，林炅情不自禁開懷大笑，決然道：「我今天決定蹺課。蒙哥早上會在甚麼地方？我想去找他。」

10

　　晨光照遍了全身。

　　林炅有重生的感覺。

在某高級的茶餐廳裡，吳法打完電話，便向林炅道：「蒙哥說OK，他約你十一點鐘，金鐘站等！」

這時候林炅滿嘴都是食物，只能點頭回應。

掛線後，吳天又再撥號，未等接通，就將手機遞給林炅，說道：「玥兒很擔心你，她整晚也沒睡。好好跟她聊一聊吧！男人不該讓女人流淚！」

手機一貼近耳朵，林炅就聽見玥兒的啜泣聲。患難見真情，當林炅出事的時候，誰真正關心他的死活，誰就是他真正的夥伴。

與其怨恨胡克隆，不如感激他的出現，給自己上了一堂社會教育課。像他那種人無處不在，將來總要面對，離開了學校這個溫室，外面就是群魔亂舞的森林。

林炅終於放下堅持，決定向蒙剛求助。

單憑他個人微薄的力量，根本保護不了自己，更別說要保護自己的家人。

自古以來，踐踏弱者就是人的天性，弱者若要對抗惡勢力，就要借助團結的力量。就像《水滸傳》裡的英雄，他們也是到了末路，才會被逼上梁山。

　　如果林炅不是擁有打排球的天賦，他可能會有一天受不了，走上天台自尋短見⋯⋯因為他有打排球的天賦，命運才有了轉機。

　　儘管林炅想通了，還是需要蒙剛的一句話。

　　只要蒙剛開口贊成，林炅就會赴湯蹈火，替平山泊打天下。

　　早上十一時正，金鐘站見。

　　林炅早到了兩個小時。

　　跟著上班族的步伐，林炅進入了商場，雖然商店尚未開始營業，但商場裡的通道和廁所皆已開放。這是他逛過最高級的商場，馬桶也是豪華耀目，給他帶來這輩子最難忘的如廁體驗。照鏡子的時候，他不由得感到自慚形穢，在西裝光鮮的男人之中，自己髒兮兮的校服格外礙眼。

　　商場裡有冷氣，林炅欲找便宜的快餐店，望向遠端的咖啡店，竟發現熟悉的身影。

　　──蒙哥！

　　他戴住太陽眼鏡，手持一份報紙，獨自坐在咖啡店的一隅。

　　林炅暗道：「奇了！既然他就在這裡，為甚麼不跟我約早一點？難道他也跟別人有約？」他天生臉皮薄，不想給別人添麻煩，便遠遠的站著，先觀察一會再過去打招呼。

　　突然，蒙剛放下報紙，起身離座，走向無人排隊的櫃檯。林炅視力很好，遠遠瞧見蒙剛結帳的時候，向店員遞出一張儲值卡。

　　林炅遠遠看著。

　　只見蒙剛取了咖啡，竟然往店外走，連一口也沒喝，就將咖啡直接丟進垃圾桶，一連串行為都令人感到匪夷所思。他朝九點鐘的方向走，而林炅站在六點鐘的位置，猶豫了片刻，林炅便決定追上去。

　　蒙剛的步速甚快，林炅跟在後面，一前一後，穿過人來人往的通道，來到了金鐘站的入口。

　　──**蒙哥要乘車嗎？**

　　林炅吃力穿過人叢。

　　遠遠瞧見蒙剛入閘，林炅也跟著拍卡入閘，終於加快腳步，要追逐快要在樓梯口消失的背影。

　　儘管事有蹊蹺，林炅的動機很單純，只是怕蒙剛忽然

有要事，所以才動念提早跟他見面，省卻彼此的麻煩。

到了樓梯底，林炅東張西望，竟不見蒙剛的蹤影。

這時候兩側月台皆無列車開出，照理說蒙剛應該還未離開。

月台皆是藍色的層板牆，林炅的目光掃向樓梯旁的凹位，竟看見其中一面層板微微掀開。他沒考慮後果，伸手一掀，果然是一道暗門。下一秒，林炅做了個魯莽的決定，不假思索闖進去，也順手關上了門。

金鐘站內，神秘空間。

眼前是一條短廊，盡頭向橫是岔路。

林炅又往前走了幾步，右側有一間嵌著玻璃的門，看圖標應該是置放清潔用品的儲物間。

嗶！此時，背後傳來開門的感應音效，林炅一時驚慌失措，以極快的反應打開了手邊的門。

儲物間比想像中小，只塞得進一架清潔用的工作車，沒有讓人躲藏的多餘空間。

林炅想也不想，就跳進了工作車掛著的垃圾袋，蜷縮成一團，竟然真的全身擠得進去。

儲物間的門沒有完全關上。

林炅抱住僥倖之心，希望外面路過的人不會過來掀門。可是有人掀門了，門縫照進的燈光倏地擴大。由垃圾袋裡往上仰望，有一團模糊的手影。林炅的心跳咚咚加快，擅闖禁區這樣的事可大可小，只要職員報警他就完蛋了。

那人很快掩上了門。

林炅本來要站起來自首，沒想到成功蒙混了過去。在他剛剛屏息的時間，開門的人伸手進來，似乎另有所圖……正奇怪是甚麼一回事，就瞧見了掛在牆架上的特別設備。

那設備就像一台帶天線的接收器，連著另一台迷你的電子隨身聽——這東西香港人稱之為「WALKMAN」。

林炅怔怔地看了一會，然後一時手賤，動手拔開設備之間的連接線。那條線原來是音訊線，一斷開連線，接收器竟然自動播音。

說話的人是個男人，聲音異常低沉：

「我略有所聞，江湖即將有大事發生，對不對？」

「是的，全港十八區極道排球爭霸戰。」

回話的人竟是蒙剛。

霎時，林炅恍然大悟：

「這是偷錄對話的設備！」

回想剛剛蒙剛在咖啡店的行動，似乎大有隱情。就算林炅頭腦再好，也一定不會想得透當中的玄機──原來那間咖啡店是特別的咖啡店，而蒙剛手上的儲值卡是特別的儲值卡，只要一扣款，就會連線到其他系統，自動傳出「要求密會」的訊息。

林炅深感不妙，正欲插回音訊線，卻在此時，又再聽見那個低沉的聲音，以嚴肅的語氣說教：

「你這個二當家是不是當上癮了？你弟弟的死，我一直都很遺憾。可是你想黑吃黑，以極惡來對付極惡，這樣的事我不敢苟同。」

接著是蒙剛的聲音：

「現在要我放棄，我實在不甘心。現在只差一步，再給我半年，我就有可能完成弟弟的遺願。藏寶圖的事，警方內部有歷史記錄，你也相信是真的……不是嗎？」

未幾，與蒙剛對話的人回應：

「唔……我是怕你會泥足深陷……很多臥底都是因為

感情用事，結果無法全身而退⋯⋯」

林炅極度震驚。

就憑這句話，他知道了蒙剛最大的秘密！

夢想時分

友情，是比血更深的羈絆。
留下笑聲，留下夢想，
留下眾人的心願。
讓人生的煙花盛放。
不怕輸，不怕哭，
不怕黑暗，不怕噩夢，
不怕未來。
大年初一的曙光降臨大地，
又是新的一年。

第十一回

夢想時分

1

弟弟是臥底這件事，蒙剛也是在他死後才得知真相。

墓碑上刻著的名字是「蒙正」。

弟弟曾改名換姓，行走江湖用的是「駱不阿」這個名字，所以除了反黑組的高層，世上便無人知道蒙剛是他的親哥哥。

蒙剛的相貌和氣質，都和弟弟很不一樣，是以無人洞悉到兩人的關係。就連幫主墨守城，也不曉得這樣的秘密，至今不曾懷疑過蒙剛。

　　說到「駱不阿」這名字，當年可是響遍整個江湖，只要是入黑經驗十年以上的江湖人，都一定對他恨之入骨。

　　若干年前，本地黑幫因六年血災自相殘殺，就是由駱不阿負責點燃火頭，引爆出一場血雨狂舞的風暴。直至識破警方的計謀，六大黑幫才坐下來和談，鬧市終於恢復安寧，夜出的小混混不再帶刀。

　　駱不阿只是一枚棋子，但他出色地完成了任務，顛覆了整個江湖。

　　警方反黑組將他封為「開埠以來最偉大的臥底」。

　　當臥底，要麼急流勇退，要麼死無全屍。

　　駱不阿很遺憾是後者。

　　弟弟神機妙算，深信一旦自己遭遇不測，哥哥蒙剛一定會想起兩人相約打排球的事。

　　秘密藏在排球之中。

　　酒醉念故人，那晚蒙剛拆開排球的縫線，開皮翻殼，發現皮革內黏著的數碼儲存卡。

　　此外，排球內有密書，密密麻麻都是油性筆的字。

　　蒙剛認出是弟弟的筆跡。

弟弟的遺書揭露了極為機密的情報：

**　　自天地會以來，黑幫弟子開枝散葉，遍布寰宇。昔日辛亥革命，抗倭援朝，海外分舵皆是傾錢傾力，暗中推動歷史潮流。**

**　　余因緣結織一幫中元老，翁自號「成吉痴漢」，自稱其先祖是某朝的皇帝，後人相傳一卷藏寶圖，出海隱居南洋，再蒙難逃至香江，匿影於九龍城寨。無奈老翁之父不識寶，在賭局裡輸了藏寶圖。余聞其怪言，只覺啼笑皆非，後來在東莞市見一高官，始知老翁所言非虛……**

　　蒙剛開啟數碼儲存卡的電腦檔案，終於知道弟弟捲入不得了的大事。

　　該名高官對弟弟委以國家級的任務，要他繼續留在黑社會，到醫院向臨終的「成吉痴漢」套話，追查藏寶圖的下落。千古以來，黃金永遠保值，而高官透露了一個估算的數值，那筆秘寶的黃金噸數，有可能及得上瑞士的黃金儲備，真正富可敵國。

弟弟是十五艮門下的人，成功破格「上位」，卻錯過了金盆洗手的時機。只怪他一心要完成尋寶的任務，最後敗露了臥底的身份，在全身而退之前慘遭殘殺。

弟弟的葬禮低調舉行，只有警方高層出席。

生於屋邨，葬於浩園。

原來蒙剛一直誤解了弟弟，自責和悔恨之情洶湧澎湃，如怒海般難以平息。他想起最後一次見面，還罵過弟弟：「你這個樣子，對得起老媽嗎？」反觀蒙剛自己，穿著西裝在律師樓上班，做的卻是不仁不義的勾當。

流年沖煞，禍不旋踵，在弟弟入殮後不久，蒙剛惹上了官非。

那一天離開高等法院，蒙剛默默承受命運的懲罰。

因為專業失職，他的律師執照被吊銷，沒有因此入獄已是萬幸。

上天為蒙剛打開了另一扇門。

門外，墨守城在等他。

那一天的陽光就像今天一樣刺目，弄醒醉生夢死的芸芸眾生。

金鐘站，高等法院。

恍若隔世，回到同一樣的地點，蒙剛沿著法院道上去，來到一間綠意盎然的咖啡店，附近還有一條林木蔥蘢的清泉。現在時間是十時正，林炅約了他十一點鐘見面，即是說還要等一個小時。

蒙剛不是臥底。

他只是警方的線人。

因為警方招募臥底有特別的規定，要當臥底必須出於自願，祖宗三代清白，而且不能是獨生子。在弟弟過世之後，蒙剛就是延續香火的男丁，但蒙剛為了繼承弟弟的遺志，便請纓成為警方的線人。

臥底和線人的最大差別，就是臥底是正式的警員，必須接受專門的訓練。臥底心中有一顆警察魂，但線人是雙面人，可以見風使舵，不必忠於任何一方。

──你這個二當家是不是當上癮了？

雖然反黑組的高層和蒙剛合作已久，彼此互惠互利，但警方眼見蒙剛在平山泊混得風生水起，難得顧忌他會從此黑化，反過來振興本地黑幫事業。

蒙剛終於體會到弟弟的處境。

就像在萬呎高空上踩鋼線，一失足就會萬劫不復。

十八區極道排球爭霸戰正是轉機，只要蒙剛帶隊奪魁，就可以擺脫這種兩面不是人的困局。

林炅回心轉意，對蒙剛來說是天大的喜訊。

待會兒，兩人見面，蒙剛一定要勸服他歸隊。這不僅是為了平山泊的利益，也是為了保住林炅的小命。

一星期前，林炅受到滋擾，蒙剛翻看錄影片段，乍見那兩人的裝束和紋身，便判斷是有幫派背景的小混混。

蒙剛派人調查，昨晚終於收到手下的報告：

查出來了！一個叫「火影俊」，另一個叫「水影強」，都是十五艮的人馬。

星期六晚，吳法和吳天陪林炅回家，也成功套到了話。那個與林炅結下梁子的女子，原來姓潘，小名叫菲菲，家住哈迪斯道的豪宅。

姓潘？

當蒙剛聽見這個姓氏，先是感到事情不尋常，然後又感到難以置信。

事實證明他的直覺是正確的。

在澳門跟林炅對賭的少女，全名是潘蝶菲。

她就是十五艮現任龍頭潘虹安的女兒。

2

命運曲折離奇。

假如林炅沒有打開地鐵站的暗門，就不會知道蒙剛的秘密。既然知道了這樣的秘密，時光不可逆流，就只好接受命運的擺布。

當時，林炅怔怔瞧著竊錄設備，匆匆插回了音訊線，悄悄離開了暗室。這種地方到處都有閉路電視，事到如今為免惹禍上身，只好盡快逃離現場。

由地鐵站出來，行人如梭，繁華盛世。

林炅心有餘悸。

「待會兒，我該如何面對蒙哥？」

突然，書包裡的手機響起來了。

林炅以為是蒙剛打來，遲疑了一會，將手機拿出來，

才發現是個陌生的號碼。

誰？

會不會是學校打來？

林炅砸破了窗戶，又無故曠課，難免會有罪疚感。他決定勇於面對，按下接聽鍵，聽筒傳出來的竟是女聲：

「喂……是林大哥嗎？」

林炅只聽得一臉懵然，但對方叫得出他的姓氏，應該不是打錯。

「妳好……妳是誰？」

就像無厘頭的整人電話，對方竟然回答：

「我是你的女朋友呀！打令……你別對我這麼冷淡，好不好？我……嗚……上週六在澳門跟你約會，惹你生氣，是我不好……嗚……你原諒我好不好？你要我當你的女人，這件事不是說好了嗎？」

菲菲？

林炅聽出來了，確實是那個姓潘的大小姐。她自稱是他的女人，這是在演哪齣戲？林炅一陣愣然，聽著她在電話裡泣不成聲，就像聽著一隻女鬼在哭訴……林炅捏了捏臉

皮，肯定自己清醒。說真的，他對她毫無好感，就算是做綺夢，也不會將她視為幻想對象。

「潘小姐……妳是雙重人格嗎？我真是不懂妳。幾天前妳要我去死，今天卻忽然愛上我呵？廢話少說，妳想玩甚麼花樣，別要再轉彎抹角。」

林炅忍不住叱罵一頓。

沒想到菲菲哭了足足半分鐘，才說下去：

「嗚……你誤會了。一切都是誤會……求求你，立刻過來我家裡找我，你一定要過來，否則我就活不下去了！求求你救我……求求你盡快過來！」

「神經病！」

林炅罵完這一句，立刻就掛線了。

這時候，他驚覺手機只剩下 1% 的電量。菲菲沒有再來電，林炅本來懶得管她的死活，但心中覺得不妙，便嘗試回電，但響了兩下，手機就沒電了。

林炅腦中掠過一個念頭：「莫非……吳法和吳天為了幫我出氣，去了找她麻煩？」

縱使菲菲曾做出那麼過分的事，林炅始終是個大好

人，聽見有女生向他哭著懇求，三思再三思之後，還是無法狠心見死不救。

林炅看了看時間，記得菲菲的住址就在附近，只要在一個小時之內往返，還是趕得及和蒙剛見面。

剛好有的士停在路邊讓客下車。

「麻煩您，我要去哈迪斯道38號。」

林炅就是這麼傻。

不消十分鐘，就到達了山坡上的豪宅區，的士在大開的門亭停車。香港治安很好，菲菲是富家女，林炅自問只有一條爛命，她犯不著做出傷害他的違法行為吧？

對著門亭的保安員，林炅拿出身份證登記，不禁問起：「潘小姐家裡是不是出了事？」

兩名保安員面面相覷，其中較為老練的保安員站在門口，打量著林炅這個一身髒校服的來客。

老保安員忽問：「有沒有學生證？」

林炅想也不想，就由錢包裡拿出學生證。稍候期間，林炅才明白對方的用意，沒準在懷疑他會不會是個假扮的學生。老保安員將學生證交還，喊道：「你等等。」接著撥出

內線電話，聊完幾句，再向林炅道：「請你等等。很快會有人來接你。」

此事耐人尋味，林炅愈想愈不對勁：「接我？那個菲菲是懶得出來，還是不能出來？她今天怎麼跟我一樣曠課？她又怎會知道我曠課的事？此事實在極不尋常……」

北風繞綠庭，吹來一陣蘭花香。

出乎林炅的意料，過來迎接他的是個英挺的帥哥。

此人穿著黑 T 恤，金髮繫成馬尾，戴著大框的太陽眼鏡，噴了香水，正是蘭花香的源頭。

未待林炅問話，金髮帥哥已開口：「林公子您好。勞駕您專程趕來，真是感激不盡——否則就要出人命了。」

出人命？林炅駭然道：「到底發生甚麼事？」

金髮大哥故意保持緘默，轉身引路，回首道：「請您進府內一坐。在此不方便說太多。」雖然他的外表倜儻不羈，但說話文縐縐的，看來是個有墨水的人。

林炅覺得這男人好面善，但一時想不起來。看著這個英挺的背影，林炅不自禁冒出一股寒意，無奈到了這個地步，已經不可一走了之。

同一幢豪宅，裝飾依舊，只是略顯昏暗。

大廳沒有開燈，落地窗滲入室外的自然光。

廳的後堂掛著巨大的水墨畫，畫中大虎與石碣草木栩栩如生，那幅巨畫大得幾乎佔滿整面牆。

這一刻，畫前多了一個人物。

此人坐在太師椅上，眉眼如丹鳳，兩鬢角斑白，背寬厚似熊，托起紅襯衫和黑大衣，令他看起來像個民國時期的軍官。

金髮帥哥湊過去，微微垂首，低聲道：「我把林公子帶來了。」

太師椅上的男人一見林炅，便露出從容的笑容，歡迎道：「林公子，久仰大名！小女為你帶來這麼大的麻煩，我真是十分抱歉。」說罷，站起身來，用厚實的雙掌包覆握住林炅的右手。

林炅聞言，便知此人是菲菲的爸爸。

潘先生坐下，歎息道：「唉！都怪我管教不當，小女有眼不識泰山，闖下這樣的大禍。總之，我會將她交到你的手上，你想怎麼懲罰她都可以，悉聽尊便。」

這番道歉太過大陣仗，甚麼「久仰大名」，又甚麼「有眼不識泰山」，一連串荒唐的言辭都嚇倒了林炅。而一個大男人代替女兒出面，竟然毫無私心偏袒，反而大義滅親，如此行徑實在怪異。

就在林炅惘然語塞之際，潘先生揮手示意就座。

接著潘先生向著廚房那邊，喊了一聲「上茶」，就有外籍傭人送來一整塊長方形的茶盤，盤上有一套紫砂茶具，飄來陣陣茶香。潘先生向著女傭，大聲道：「叫小姐出來，別讓客人久等。」

傭人前腳一離開大廳，就有個纖瘦的身影晃過門檻。

正是穿著睡衣的菲菲。

她就這樣站著，裹足不前。

林炅心中一凜。

菲菲雙眼通紅，左頰紅了一片，明顯是個掌印。林炅怔怔地看著她這副落魄相，終於理解她求救的原因。

潘先生板著臉，向菲菲道：

「妳過來。」

只見菲菲瑟瑟發抖，乖乖走到潘先生的面前。

就在林炅的面前，潘先生不留餘力揮掌，狠狠打了菲菲一記耳光。菲菲單腳離地轉了一圈，臉朝下趴在地上。

潘先生怒吼道：

「罪無可恕！妳知道自己犯了彌天大罪嗎！」

菲菲的爸爸竟是這麼狠的角色，林炅目瞪口呆，眼珠也要掉出來似的。縱使她有千般不是，林炅終究是於心不忍，便緩緩走近，關心一下她的死活。菲菲還沒仰臉，就抱住林炅的小腿，哀求道：「對不起……對不起……林大哥，求求你饒我一命……希望你大人有大量，有怪莫怪……」

眼見潘先生行事乖張，暴力誇張，林炅不禁開始同情菲菲，感歎有其父必有其女。林炅俯身扶起菲菲，揚聲道：「夠了，就這樣吧！如果她知錯……不再來騷擾我，一切就這樣算了，我也不再追究。」

「真的嗎？」潘先生目光亮了一亮，又道：「話雖如此，我不好好表示賠罪的誠意，心裡實在過意不去。」

不知何時，金髮帥哥離開了大廳。

當金髮帥哥再度現身，他身後跟著一個披頭散髮的男人，此人面無血色，魂不附體的表情，就像要上刑場的死囚

一樣。

——林管家！

林炅心中疾呼。

那個披頭散髮的男人正是林管家，雖然彼此只是見過兩次，但因為林管家總是穿著既花俏又整潔的西裝，所以給林炅留下深刻的印象。

如今，林管家只穿著白色的內衣背心。

而且是一件染血的背心。

林炅猛然想起來了，愕然盯著金髮帥哥，暗自驚道：「Ｄ樂園球賽那一晚！他是那個開槍的大哥！他的綽號——好像是叫牛郎來著！」

當林管家來到斜光映照的位置，金髮帥哥沒遮擋視線，林炅才瞧清楚林管家的左手摀住一大捆繃帶，而繃帶完全包覆著右手。

繃帶應該是白色的，但現在是紅色的。

潘先生保持端正的坐姿，就像在處理一件平常的公務，板著臉淡然道：「林公子，為了向你賠罪，我正在執行家法。」

當繃帶掉在地上的時候，菲菲崩潰似的掩臉痛哭。

林炅大受驚嚇。

因為林管家右手的拇指沒了，正在血流如注！

3

這位潘先生就是潘虹安，現任十五艮的掌門龍頭，其江湖地位無出其右，有如立於本地群峰之巔，統領群雄呼風喚雨。

十五艮有十五元老，每兩年票選龍頭，這一屆潘虹安得到八票當選，靠的就是江湖球賽的不敗戰績。麾下有牛郎這位世界級軍師，又有伏虎和狂龍兩名悍將大殺四方，潘虹安的球隊當之無愧成了主隊，代表十五艮爭奪重要的地盤。

戰無不勝。

潘虹安亦飽受高處不勝寒的壓力。

螻蟻之穴，足以潰堤，他為人嚴於律己，哪怕是雞毛蒜皮的小事，都不容許出差錯。

近日，有風聲傳出，平山泊正在搜刮「火影俊」和「水影強」。此事傳到牛郎的耳中，他彷彿嗅到火藥味，立馬急召阿俊和阿強來盤問。一問之下，當真嚇破膽，這兩個傢伙不明就裡，竟然對平山泊的當家球手撒野。

牛郎氣得七竅生煙，親手將兩人毆至半死的狀態。只怪傻俊和傻強愚昧無知，為了討好大小姐，就此惹來殺身之禍。這兩人一入會，就取了這麼霸氣的綽號，有大志是好事，但小屁股想坐大椅，通常不會有好下場。

凌晨四點半，牛郎顧不得禮數，直接上門急報。

潘虹安聽完整件事，不發一言，抽了一根雪茄，才沉吟道：「家裡那隻很醜的狼狗，最近菲菲幫牠改了名，都叫牠『林甚麼鯨』……她沒有找我商量，就自作主張叫小弟去搞人家。唔，小女這一次引火自焚，我也保不住她了。」

林炅是近期江湖的大紅人，潘虹安豈會不知？冒犯其他幫派的球手，哪怕只是動了一根汗毛，也是江湖的第一大忌。尤其是在十八區爭霸戰的前夕，十五艮堂堂第一大幫，卻自毀自己立下的規矩，必然成為全江湖的笑話，潘虹安一世的英名也就此掃地。

潘蝶菲自小野蠻任性，一直令潘虹安很頭痛。只是這一次她踩中大地雷，惹上最不該惹的人，後果不堪設想。

天未亮，菲菲責怪傭人吵醒她，下樓看見爹爹和牛郎，還不曉得大禍臨頭。面對爹爹的呵斥，菲菲哭紅了眼，但她的眼淚完全沒用。很快她就體驗到前所未有的體罰，幸好她有點小聰明，詭辯說林炅與她是男女朋友的關係，這才暫時免了一頓皮肉之苦。

牛郎在旁出主意，說道：

「不如將計就計，將恩怨化為兒女私情，一對年輕男女有小爭執，聽起來就很合理吧？」

等到林管家過來上班，已經是九點鐘的事。這時候，不巧江湖傳出林炅失蹤的消息，假如出了三長兩短，十五艮就要揹這個鍋。

潘虹安急了，就算逼死自己女兒，也要她想方設法聯絡林炅。

道義是江湖人做事最高的原則。

潘虹安已做好最壞的打算，哪怕糟蹋了自己的女兒，也要擺平這件事。

這一刻，潘家大宅的大廳，林管家成了代罪羔羊，向林炅展示斷了拇指的血掌。林管家大汗涔涔，雙眼飆淚，屁股一顛一顛的，彷彿在向林炅搖尾乞憐，因為只要這少年一聲不爽，他這條賤命就會不保。

潘虹安一直觀察林炅的面色，徐徐道：「林公子，假如你不想弄髒雙手，我們這邊都可以代勞。」指著一旁跪著的潘蝶菲，又道：「我這個女兒就送給你了，只盼你玩夠她之後，下了火消了氣，就此既往不咎。」

一般中學生遇上這麼刺激的血腥場面，很少可以處變不驚。

林炅是優秀的運動員，心理質素極高，瞬即恢復了冷靜。當他目不轉睛盯著林管家，似乎想通了一些事，雙眸竟露出憐憫的目光。

「斷指還在嗎？快點送他去醫院，要接指還來得及。這位林大哥是無辜的，他給我一千塊，請我去澳門玩……我心裡是感激他的。」

此言一出，潘虹安和牛郎都是難以置信。

林管家曾狗眼看人低，昔日瞧不起的窮小子卻不計前

嫌，還替自己說好話，這番恩情可謂不淺。原因應該不是同姓三分親，而是這小子本性寬宏大量，真心願意放過自己。

潘先生喜怒不現於色，向林炅道：「你這是不再追究的意思嗎？」

林炅回應了「嗯」的一聲，轉身走近菲菲，好言好語道：「潘小姐，妳不用害怕了。我跟妳打賭的那番話，只是氣妳的，像妳這樣的黃花閨女，我是不會亂碰的。只希望妳痛改前非，莫欺少年窮，尊重像我這些家境不好的人，不要再踐踏別人活著的尊嚴。」

菲菲仰首看著林炅，滿臉涕淚縱橫。本來想說一聲「謝謝」，但不知怎的就是哽咽不止，嚴重得呼吸困難，就由傭人攙扶回去樓上。

林炅搖頭歎息，心裡嘀咕道：「這種臭脾氣的大小姐，送給我才不要呢！哪個笨蛋娶了她，墳頭都會冒煙，氣死老祖宗。」

正常家庭不會在家裡安裝攝錄系統，但黑社會的家庭是例外。剛剛林炅在屋裡說的每一句話，都成了錄影片段，可以用來應付平山泊的追究。

潘虹安與牛郎交換一個眼色，接著拍了拍林炅的胳膊，大讚道：「好小子！好得很！你有這樣的胸襟，我實在很欣賞你！我看我女兒真的是愛上了你呢！」

林炅只是微笑以對，暗藏心聲：「真是夠了。」

他只希望以後不用再見到這些人，尤其是菲菲這種富家女，最好不要和她再有任何瓜葛。

就這樣，牛郎由垃圾桶撿起了斷指，再開車送林管家去醫院。

潘虹安親自開車，送林炅去地鐵站。

到了這一刻，林炅還不知道潘虹安的身份，只是隱約覺得對方要麼是個大人物，要麼就是幫派幕後的大金主。

車內，潘虹安播放輕快的流行曲，哼唱幾句之後，便跟林炅閒聊起來：「真想不到你跟我女兒一樣，只有十六歲……對了，你是怎麼入會的？」

「入會？」

林炅轉念一想，當下會意過來，便接著回答：

「其實……我不算正式加入黑……我沒有入會。」

潘虹安聞言，怔了一怔。

「噢？你沒有參加過任何入會儀式嗎？你有見過『正斗』嗎？」

「正斗？」

「就是一個讓人插香的東西。」

林炅很快搖了搖頭，答道：「未見過。」

看了這樣的反應，潘虹安再無置疑，目光望回前車窗，呢喃道：「哦⋯⋯原來是這樣。哈，你和咱們這圈子真是有緣。」

潘虹安閱人無數，剛剛林炅應對得宜，有膽色又有機智，確是難得一見的人才。

在江湖這個快意恩仇之地，爛忠厚的好人看似難以生存，但正是這種海闊天空的胸襟，才能真正折服一眾人心。江湖人也是人，一樣有血有肉有靈魂，他們都會傾慕英雄本色，敬佩重情重義的大丈夫。

稟性天生，自得人緣，林炅有資格成為黑幫明日之星，不是誤入歧途，而是命運為他鋪排了這條路。

潘虹安心中很中意這小子，常言道「英雄出少年」，林炅已有極高的人望，只要他有心走上江湖這條路，假以時日

一定成就大事業。

車子抵達金鐘站。

靠邊停車的時候，潘虹安眉開眼笑，向林炅道：

「今天的敵人，亦有可能是明日的朋友，世事本來就是難料得很。林公子，我祝你鵬程萬里，後會有期！」

4

林炅準時和蒙剛見面。

蒙剛一見林炅，露出大佛般的笑容。

這一週遭遇這麼多事故，感覺恍若隔世，林炅打完招呼之後，竟陷入一陣無言的迷惘。

「上車再說。」

平山泊小弟駕駛的座駕來了，蒙剛掀開車門，跟林炅一同鑽進後座。

車內，蒙剛揉了揉黑眼圈，半開玩笑道：「昨晚你媽媽打來找我，問你的行蹤……我說你很乖，絕對不會和女生私奔……大家都很擔心你，總之你沒事就好。」

　　早上林炅由儲物櫃拿出手機，已打電話報平安。他曾撇清與玥兒的關係，但媽媽似乎只相信雙眼所見。至於為甚麼被困倉庫，林炅不想媽媽擔心，就謊稱是一場意外。

　　漸漸，他開始習慣對媽媽說謊。

　　不過，只要是白色的謊言，應該都是情有可原吧？

　　對著蒙剛，林炅卻不想說謊。

　　車內的送風口吹出暖氣，林炅毫無隱瞞，說出在潘府裡發生的經歷。由於有司機這個第三者在場，所以他沒有提起在地鐵站裡偷聽到的秘密。

　　蒙剛沉默了一會，才問：「那個潘先生是甚麼人物，你猜得出來嗎？」

　　林炅道：「他有財又有頭有面，應該是個大人物吧？」

　　蒙剛直言不諱：「他就是十五艮的龍頭，即是本地第一大幫的首腦。」

　　這個真相震撼無比，林炅一時說不出話，接著背脊冒出一陣寒意。他終於明白潘先生為甚麼會客氣道歉，假如他不是江湖球手，得罪了黑幫老大的女兒，只怕有九條命也不夠賠。

林炅欲言又止，只聽蒙剛低吟道：「既然你已允諾不再追究，此事只好就這樣了結⋯⋯潘虹安不愧是一代梟雄，果然老奸巨猾。」

轎車通過了鵝頸橋，來到了銅鑼灣。

到了這一刻，林炅才想起忘了問目的地。蒙剛彷彿看穿了他的心思，由口袋裡拿出一串鑰匙，說道：「我想你陪我去看房子。」

看房子？林炅反正無所事事，便跟著蒙剛下車。進入一座鬧中帶靜的電梯大樓。蒙剛要去的單位是在二十二樓，雖然呎數不大，但面積很實用，三房間隔，文雅裝潢，有齊基本家電。

林炅不由自主走近鋁窗，第一次居高臨下，鳥瞰高樓林立的銅鑼灣。

半窗磅礡的城色，半窗浩瀚的天穹，只要看過這片繁華的風景，都會心馳神往，很想在這城市闖一番事業。

屋裡沒有其他人，林炅一臉無知地問：「大哥，這房子是租的還是買的？」

蒙剛笑瞇瞇道：「這房子不賣，只出租。」

林炅道：「哦！所以你要搬來這裡嗎？我可以幫忙。」

蒙剛不置可否，問道：「你覺得這房子好不好？」

當林炅衷心讚好的時候，蒙剛突然吹起口哨，二話不說就將鑰匙圈拋給了林炅。

林炅反應極快，接住了那一串鑰匙。

蒙剛解釋道：「這是墨幫主的物業，他很重視你的安全，所以交給我一項任務，要我說服你遷進來。」

「這怎麼行！」

「你覺得不好意思的話，可以付租金，租金三千，應該跟你現在租的劏房差不多吧？拜託你千萬不要拒絕，否則大哥我會很難做，幫主會問責……就當是為了我好，請你接受幫主的好意。」

林炅猶豫了一會，還是搖了搖頭。

蒙剛瞧得出他有所動搖，便繼續游說：「你媽媽那邊，我會幫忙圓謊。你來香港打拚，也是想讓家人過好日子吧？這一切是你應得的，證明你的價值，只要你為平山泊拚命，平山泊就絕不會虧待你。」

林炅垂首不語。

　　蒙剛上前，一手搭住林炅的肩膀，一手指著窗外某幢大樓，說道：「銅鑼灣的地主是誰，你知道嗎？這一幢大樓，那一座商場，由這邊到那邊，全部都屬於利氏家族。利氏祖先最初怎麼發跡，你有聽說過嗎？」

　　林炅奇道：「不是做生意嗎？」

　　蒙剛道：「做甚麼生意？」

　　就跟大多數香港人一樣，林炅只聽過以利氏祖先冠名的大樓，卻不熟悉名人背後的故事。

　　「鴉片。」

　　蒙剛緩緩吐出這兩字之後，再徐徐解釋：

　　「在上世紀初，買賣鴉片是合法的事業，儘管商家知道鴉片的害處……利氏家族靠鴉片發跡，而利家的後人熱衷慈善，取之不義卻用於公益。錢不是骯髒的，骯髒的是人心，假如有了錢可以改善生活，改變自己和別人的命運，錢就發揮了它最大的意義。」

　　當林炅打電話說要見面，蒙剛就知道他有意歸隊。

　　江湖凶險，要不是別無他法，蒙剛也不會勸年輕人入夥。正等待林炅的答覆，沒想到他忽然自白：「蒙哥，很

抱歉我今天早上心急，在商場遇見你，就跟著你進去地鐵站⋯⋯一切真的是偶然，我發現了錄音的設備⋯⋯」

趁著兩人獨處，林炅如實告之早上的遭遇。

蒙剛聽完，長歎一聲，坦承道：

「錄音這件事，我早就料到了。只要我尚有利用價值，條子就不會暴露我的身份。」

林炅支吾道：

「所以你真的是⋯⋯」

蒙剛搖了搖頭，又道：

「我不是臥底。我只是線人──線人跟臥底不一樣，我可以選擇自己的歸宿，而我的歸宿是平山泊。我不想當任何人的傀儡，就像弟弟當年被利用一樣。我確實因為警方提供的情報，獲得莫大的好處，所以我需要一個機會，一個贖身的機會。」

蒙剛明白由亂入治的真諦，為了天下太平，黑白兩道早晚會變成合作的關係。

不過，江湖有三大忌──著紅鞋、勾二嫂和洗馬欄。其中著紅鞋是個隱喻，緣自江湖古老的傳聞，官家拜的關公著

紅鞋，而幫派拜的關公著黑鞋，故此不能拜錯。著紅鞋即是私通官家的意思，俗稱「做二五仔」，此乃江湖第一大罪。要是有人披露蒙剛勾結警方的證據，只怕墨當家也保不住他，人人得而誅之。

蒙剛向林炅剖白心跡：

「這次十八區排球爭霸戰，對我來說意義極大，只要成功替平山泊立下蓋世的功勞，我在幫裡就會屹立不倒。我要改變這個世界，就要稱霸江湖，奪得『話事權』！因此，我需要你幫我！」

林炅一邊聆聽，一邊俯瞰窗外的城景，心中驀然湧現一股熱流。

這陣子他也看透了，罪惡永遠不會從世上消失。

學校也有教，這世上有種惡，叫作「不可避免的惡」。

林炅豁然道：「蒙哥，我對天發誓，一定會幫你守住這個秘密！我要跟你共同進退，跟你一起打天下！」

蒙剛凝望著林炅，眼前的小伙子目光堅決，可不像在說笑。

──相濡以沫，不如相忘於江湖。

為了錢，他未必會答應。

但為了兄弟，他義無反顧！

5

林炅第一次用髮泥。

家裡只有小鏡子，他把頭髮往上抓起，露出光潔的額頭，神采奕奕上學。

第一節課的鐘聲就像哀鳴，門口出現殺氣騰騰的訓導主任。「霹靂火」秦主任脾氣火爆，只要是他盯上的學生，下場都是九死一生，輕則記過，重則退學。

眾望所歸，秦主任點名的對象是「林炅」。

課室裡掀起幸災樂禍的喝采聲。

事隔八天，林炅又回到同一間訓導室。

只是，這一次他沒有低頭，態度也有點跋扈。

秦主任面露不屑之色，兇巴巴道：「想不到這麼快又見面啊！我告訴你，根據校規，記了兩次大過的話，就要接受停學一週的處罰。累計三次大過，就要踢出校……」

林炅打斷道：「我犯了甚麼大錯呢？」

秦主任怒目而視，喝問道：「禮堂下面倉庫的玻璃窗破了，有好幾個同學當人證，同時舉報是你做的。我給你最後的機會，你要不要自首？」

縱使此事在林炅的意料之內，但他還是感到難過，暗罵了一聲：「大家一場同學，何必如此陰毒！」

秦主任特意用普通話再問一遍：「林炅同學，到底是不是你做的？」老師和同學經常唸錯林炅的名字，沒想到秦主任的發音非常標準，林炅只感到哭笑不得。

林炅回話道：「不是我做的，是胡克隆做的。胡克隆是我的同班同學。你不信的話，現在就叫他過來對質。如果我冤枉好人，我直接申請退學！」

這番氣焰完美蓋過「霹靂火」，秦主任亦不禁為之一凜，心說這小子是否喝了三鞭酒，否則怎會士別三日重振雄風？對視片刻之後，秦主任決然道：「好！你連退學這種事都賭上了，我就去叫胡克隆過來跟你對質。」

胡克隆愛出風頭，中三時曾當選學生會的幹事，很會拍老師的馬屁。在秦主任的眼中，他是個很優秀的學生，因

此當他聯名指證林炅破壞玻璃窗，自然格外有說服力。

剛好中四級的班長經過，秦主任便吩咐他傳話。

不久，胡克隆在訓導室露面。

當秦主任看見他鼻青臉腫的模樣，不由得嚇了一跳，怪聲問道：「你怎麼了？」問的自是受傷的原因。

胡克隆睨了林炅一眼，便別過了臉，不悅道：「我自己不小心摔倒。」

這番話的語氣言不由衷，秦主任豈會聽不出來？秦主任沉住氣，說道：「林同學說倉庫的玻璃是你打破的，這究竟是甚麼回事，就請你倆當面對質。總之這校園一日由我來管，我絕不容許任何形式的暴力行為……」

告狀不成，反被擺了一道，胡克隆滿臉愕然，忍不住側首瞟向林炅。林炅毫不掩飾怒意，直勾勾的瞪視著胡克隆，先聲奪人道：「胡同學，你幹嘛要我替你揹鍋？一人做事一人當，你應該知道要承擔責任吧？」

昨晚從吳天的口中，林炅已得知他和吳法去了「接胡克隆放學」的事。兄弟情歸兄弟情，林炅還是不想以暴易暴，直至剛剛進入訓導室受審，他才頓悟對付小人萬萬不可心

軟，否則吃大虧的只會是自己。

　　平山泊就是他的保護傘，一打開可以遮擋風雨。

　　胡克隆悶不吭聲。

　　林炅盛氣凌人，大聲問道：「胡克隆，玻璃是你打破的，對不對？」

　　這一次蒙受不白之冤，胡克隆吞聲忍氣，怪就怪他太過低估林炅。胡克隆垂著頭，向秦主任道：「是的……的確是我做的。」

　　哪怕秦主任心中存疑，聽到胡克隆這麼說，也不得不主持公道。不過秦主任到底偏心，念其初犯，從輕發落，只記了一個缺點。

　　看著胡克隆成了喪家之犬，林炅打從心底笑了出來：「怎會這樣的……我心中源源不絕湧出了快感，愉快得想笑出來！罪過、罪過……」

　　每個人心中也有一片陰影，林炅無法否認這樣的事實。

　　愈墮落愈快樂。

　　與此同時，林炅也捏了一把冷汗——

　　要不是先下手為強，今天活受罪的人就是他了。

　　回到課室，在胡克隆襯托之下，林炅以勝利者的姿態坐下，一眾同學均感難以置信。開始有同學猜測林炅是個「有背景」的人，林炅當然含笑不語，只是回答說：「我就是看不慣有人無法無天。」

　　當天放學，吳法和吳天又來了「接放學」，不過他們的對象是林炅。

　　吳天伸曲右臂，一邊展現二頭肌，一邊笑吟吟道：

　　「如果你再動我的兄弟，我下次修理你，就會帶五金工具！」這番話乃是模仿昨天警告胡克隆的語氣。

　　吳法也要邀功，自吹自擂道：

　　「我有白卡！我一喊出這句話，那個屁蛋立刻跪地投降！哈、哈！」

　　昔日的林炅一定無法接受這樣的暴力，今日的林炅卻樂見壞人遭殃。

　　欺善怕惡乃人性。

　　在他最無助的時候，沒有同學替他挺身而出。

　　一個也沒有。

　　何謂黑？何謂白？是黑是白，真的重要嗎？

到了這一刻，林炅終於接納了吳法和吳天，因為當他受到欺凌，這兩人都會同一個鼻孔出氣。

哪怕天崩下來，只要有兄弟撐腰，活著就有頂天立地的勇氣。

有些人沒有血緣，卻比親兄弟更親。

這才是真兄弟！

6

三個人一路上嘻嘻笑笑，轉眼間到達了目的地，拉開舊式電梯的閘柵，推開通往天台的防煙門，眼前就是熟悉的球場。

青空下臨風顧盼，亞舜已換好球衣，獨個兒在場上練習，控球的姿勢還是一如既往的美。

林炅呆站了一分鐘，亞舜始終正眼不瞧他一眼，一張冷臉令人喘不過氣。

亞舜只是不停托球，排球沒著地，全套動作彷彿無聲無息，而他渾身散發著一股肅殺之氣。

又過了一分鐘，亞舜依然不瞅不睬。

果然吳天說的沒錯，亞舜為人非常小器。

林炅鼓起勇氣，上前賠罪道：「對不起，害你擔心了。我這次回來，就是有了覺悟。」

亞舜還是悶不作聲。

林炅囁嚅道：「大人不記小人過……如果你要懲罰我，我也不會有半句怨言……任何懲罰都可以……」沒想到亞舜一聽此言，立刻轉首看過來，回話道：「真的嗎？」

這句問話突如其來，林炅不由自主點了點頭。

亞舜得勢不饒人，單手扠著腰道：「首先，我要懲罰你，我要你請客。」

林炅懵然道：「你要去很貴的餐廳嗎？」

亞舜卻搖了搖頭，露出曖昧的笑容，陰惻惻道：「我要你去吃一間名為『名醬』的平價壽司店。」

林炅很快點了點頭，心想亞舜一定以為他不敢吃魚生，所以才提出這樣的懲罰……如果林炅在此時回頭，看一看吳法和吳天瑟瑟發抖的樣子，就會知道這件事才沒有這麼簡單。

接著，亞舜拿來一條長長的白布，還有不知哪來的箱頭筆，一邊提筆寫字，一邊說出第二個懲罰：「今天練球，我要你戴著這條頭巾。」

頭巾上寫了「**笨蛋**」兩字。

林炅毫不猶豫就戴上了頭巾，目光溢出熊熊的鬥志。

戰勝雷造極。

打敗伏虎狂龍。

林炅全力往球場蹦跳，發出聲嘶力竭的吶喊——

「我要燃燒！我要變強！一定要贏！」

亞舜本來是要作弄他，哪想到這小子樂在其中……俗語有云：「只要自己不尷尬，尷尬的就是別人。」亞舜又好氣又好笑，打完一陣冷顫，便上場餵球給林炅做暖身運動。

吳法和吳天看見這一幕，淚光楚楚擁抱對方，一切感動盡在不言中：「他們的友誼更堅固了！全江湖最強的組合要誕生了！」

江湖球賽通常在戶外舉辦，正是此故，球員最好同樣在露天上練習。由於會有風的影響，舉球員的作用大打折扣，有些球隊乾脆排出兩名重扣的組合，避免做那種張掌托

球的動作。

亞舜卻是例外，有本事駕馭風，將風向計算在內，舉出妙不可言的二傳。

只有他，才能徹底釋放林炅的潛能。

這兩人一冰一火，球技卻互補不足，發揮出一加一等於三的力量。

天台的門開了又開。

俞輝逕自加入，不停嚷叫「**鳳凰幻影**」，施展那招誇張的攔網手法。

蒙剛一進場，就強迫俞輝去練基本功。

玥兒一聽說林炅歸隊，今天就帶著食材上來，用電磁爐煮糖水。至今玥兒還是寄居在姚水蜜那邊，姚水蜜乾脆認了她作「契妹」。

姚水蜜將球隊分成主隊和副隊，主隊全力爭冠，副隊志在參與。她相信，其他幫派也會採取同一樣的策略，將最強的球員集成一隊出戰。平山泊的主隊就由蒙剛領軍，隊員的背景極為多元，既有新移民及少數族裔，又有精神障礙人士，還有……在政治上完全正確，符合世界的潮流。

練習期間，蒙剛向眾員重申道：「首先，我們要稱霸灣仔區，才能在十八區的出線隊伍佔一席位。明年一月二十，大寒之日，過年之前，就會舉行地區資格賽，即是說我們還有五十天的時間練功備戰。」

姚水蜜補上一句：「如無意外，我們同區最大的勁敵將會是海棠社。」

林炅歸隊，大大提高了士氣——有了他的扣殺能力，球隊才有實力一戰，問鼎爭霸戰的寶座。雖然林炅今天特別認真，但他戴著大字「笨蛋」的頭巾練球，逗趣的模樣真的令他的隊友忍俊不禁。

這個球場恢復了生氣，迴響著笑聲。

姚水蜜掛上可更換數字的日期牌。

倒數五十天。

汗水隨風飄揚。

目標是灣仔區代表。

這些夥伴都有可憐的身世，處於社會的邊緣……社會曾將他們遺棄，而他們在這裡惺惺相惜，找到了歸屬感。

他們力爭上游，只求一片容身之所。

他們要用生命，寫下無悔無憾的人生篇章。

置身黑暗的世界，他們依然懷有夢想！

7

練習結束，林炅出完一身熱汗，嘗到了久違的肌肉痠痛感。汗水常常和辛酸畫上等號，也許正是這種熱乎乎的身體反應，才讓人有了活著的感覺。

——用自己的天賦來賺錢，有錯嗎？

林炅搭電梯下樓的時候，想起了亞舜說過的話。

電梯裡還有姚水蜜和玥兒，兩人正在討論如何解決俞輝的體味問題……原來江湖球賽很講「武德」，渾身惡臭的球手會被投訴。

一出門，路口傳來轟隆隆的引擎聲，竟然駛來一架電單車，且是衝著林炅而來。電單車的噴漆是極為特別的桃紅色，戰甲般的外殼閃輝出金屬的光澤，車頭燈照亮了所有人的臉。

車手脫下頭盔，露出馬尾，還有一張白嫩的俊臉。

帥氣的車手竟是亞舜！

玥兒指著電單車，大叫道：「好帥喔！」未待林炅反應過來，亞舜已拋給他另一個頭盔，喊道：「上車！」

林炅愣怔了一下，問道：「你要帶我去哪兒？」

亞舜的回答令人費解：「去見皇后！」

皇后？林炅聞言，又是一怔。

玥兒難得有機會和林炅相處，不甘心他被亞舜搶走，正想抗議，姚水蜜卻在她耳邊道：「待會兒我們會跟蒙剛的車過去。」

亞舜向肩後伸出拇指，明顯是在催促。

林炅沒問清楚，就跨腿騎上了墊座，還未坐穩，一眨眼已向前飆出。

多虧了昔日在國內的生活，林炅有乘搭摩托車的經驗，知道要怎麼保持平衡，還有撐手向後抓住尾架。由於戴著頭盔很難說話，林炅只好等下車再問個明白。

兩街的霓虹燈光風速掠過，如燧火般一閃即逝，那是美好時代的殘影。

不久，亞舜開始減速，駛入工廠區，再直入工廈的停

車場。

停車場這裡就像岩洞，白牆和地面凹凸不平，由天井往上望，滴漏的水管猶如倒掛的冰柱，水漬渲染了樓縫之間的外牆。

林炅一邊將頭盔還給亞舜，一邊問道：「這麼晚，來這裡幹嘛？」

亞舜打住了要說的答案，一笑道：「上去再說。」原來他怕林炅打退堂鼓，一直保持神秘，而林炅又真的沒有戒心，悄悄跟著進入貨梯。

入夜後的工廈沒有特別恐怖，走廊依然燈火通明。

林炅知道，現在只是晚上八點，很多香港人依然在勤奮加班。

某個老舊的單位，門閘是老式的通花拉閘。

亞舜沒按門鈴，拉閘再開門，逕自走了進去。

廠房裡的內觀簡直令林炅大開眼界。

室內就像二手家具店的貨倉，擺滿了高櫃、鋼架、吊扇、舊式電視機……彷彿分門別類，形成一個迷宮。定眼一看，貼牆的高櫃都像貨架，堆疊塞滿黑匣式的東西，林炅認

出是錄影帶，一種在光碟發明之前的儲存媒體。而這裡的錄影帶存量，簡直可用鋪天蓋地來形容，如同一間儲藏記憶的小型圖書館。

「皇后娘娘！」

亞舜連喊一聲，等了半晌，還是無人應門。亞舜在高櫃之間逛來逛去，向林炅吩咐道：「你在這裡等等，我進去看看。」

玄關的感應燈一熄，林炅就站在昏黑之中。

林炅突然感到異樣，有一隻手在摸他的背肌，又有一隻手在他的大腿上摸來摸去，沿著內側滑向臀間，還用力捏了一下！林炅嚇得彈開，一轉臉，就看見一個高大的身影，對方竟是一個濃妝豔抹的⋯⋯

阿婆？

這位「阿婆」一頭銀髮，大眼方臉，皺紋如波。由於她肩寬個子高，要不是穿著大紅連身裙和化了妝，根本就是雌雄難辨⋯⋯林炅也不是很確定。

阿婆捏了捏鼻子，聲音是沉吟的怪聲，說道：「嗯，骨骼精奇，下半身全是快肌⋯⋯小子，你有多少CM？」

林炅怔怔地光張著嘴，只發出「嗄」的一聲。

此時，腦後傳來亞舜的聲音：「皇后娘娘！原來妳在外面。徒兒向妳請安！」

這位阿婆是皇后？

林炅暗自驚奇：「世上哪有住在工廠裡的皇后？」但剛剛亞舜的確稱呼她做『皇后娘娘』，也許這位婆婆真的大有來頭。林炅一心求證，傻兮兮地問：「婆婆……您是滿清皇族的後人嗎？」

阿婆仰天大笑，笑得有點忸怩作態，忽道：「糟糕！笑得鼻子也歪了。」她捏了捏鼻子，凝望著林炅，才道：「皇族後人？哈哈，皇族後人不是我，而是我那個死鬼老公！」

林炅喉頭裡只發出「欸」的疑問詞。

阿婆又道：「我那個死鬼老公，他有一次回去大陸的祖屋，發現一本族譜，他就說甚麼祖先是某某皇帝，所以自己也是皇帝。既然他是皇帝，那我當然就是皇后嘍！」

林炅看著這個「風姿綽約」的婆婆，又看著室內雜亂的環境，當然看不見她那位亡夫的鬼魂。瞥眼間，角落有一幅泰王的肖像畫，林炅頓時恍大悟：「這位婆婆口音不純，相

貌也有異國色彩，也許她本來是泰國人！」

　　儘管林炅沒問清楚，但他這番猜想是猜對了。這位阿婆和「皇帝」相識於泰國，婚後嫁來了香港，在此度過下半生。香港是賺錢的好地方，阿婆在丈夫往生之後，繼續留在這邊營商，在旺角某神秘的商場有個檔口，專賣一些誘人「尋幽探秘」的光碟片。

　　亞舜向著阿婆，指著林炅道：「皇后娘娘，他就是我們球隊撿回來的主攻手。這次發財就靠他了，妳就給他點評幾句吧！」

　　阿婆翻了翻白眼，皺眉道：「見鬼了！你怎麼這麼見外？你平時都叫我『八婆』，今天有求於我，也不用這麼客氣吧！」

　　林炅奇道：「八婆？」

　　阿婆道：「我的本名叫八婆。這真的是護照上的名字。我知道這個詞有特別的意思，但我不介意。」

　　原來八婆是亞舜的師父，昔日曾是學界常勝隊伍的教練，所以亞舜剛剛那聲「徒兒」並不是開玩笑。亞舜又說，八婆有一項特技，摸一摸肌肉，便可以估算出肌力值……林

炅勉強相信了這個說法。

八婆向林炅道：

「小子，你扣一球給我看看吧！」

「在這裡？」

「請瞄準門口那邊。」

亞舜不作任何預示，就做出舉球的動作。

這一切就像條件式的自然反應，林炅隨即原地躍起，揮掌劈向半空中的排球。就在此時，有人推門而入，來人竟是玥兒。箭在弦上，林炅已來不及收手，疾臂一落，瞄準的目標正是門口。

結果玥兒沒有被球砸中。

原來一切皆是幻象，剛剛亞舜推出的只是空氣，所以林炅打中的也只是空氣。只是兩人經過數百遍以上的練習，這組連鎖動作已成為身體的記憶，真是閉著眼都會自動自覺做出來。

玥兒歡天喜地纏近林炅身邊，蒙剛和姚水蜜等夥伴都來了。蒙剛早就聽說亞舜的師父是位高人，當晚特地率隊來拜訪。

　　八婆伸手入衫褲，逐一摸完俞輝、吳法和吳天的胴體，主要是大腿、臀部和豎脊等核心肌群。接著，八婆取來黃色的便利貼，寫下一些重量訓練的項目，分別貼在三人的額頭。三個年輕人受到性騷擾，本來憋著一肚子氣，直到聽完蒙剛的勸解，才願意相信八婆摸腿撫臀乃是出自好意，目的是指引運動員訓練的路線。

　　最後，八婆來到林炅的面前，竟然露出失望的神情，搖頭道：「真可惜！可惜！」

　　林炅有點不忿地問：「我的動作哪裡做得不好嗎？」

　　八婆搖了搖頭，又道：「小子，你的技術已經很純熟。你起跳的動作、扣球的手勢以及時機……全部都很完美。」

　　林炅一怔道：「完美？那不是很好嗎？」

　　八婆道：「正因為技術完美，你再無進步的空間。一見面，我就問你有多少CM，你還不明白我的用意嗎？憑我目測，你的身高大概是176CM吧？」

　　當天受困運動倉庫，林炅無所事事量度身高，數值就和八婆說的完全吻合。林炅彷彿心領神會，問道：「所以，現在就是我的極限嗎？」

八婆有一句說一句：「因為你缺的是身高。身高不是努力可以彌補的。」

話音未落，玥兒突然湊頭過來，插嘴道：「他未滿十七歲，還有發育的可能性吧？」

八婆睜眼盯住林炅，詫然道：「原來你還未成年？你的外貌很早熟呢！肌肉也受過非常徹底的鍛煉……」

林炅苦笑了。

對少年來說，這社會是殘酷的。

為了生存，他不得不早熟。

明明是林炅的事，玥兒卻顯得比他緊張，追問下去：「如果可以增高的話……他會不會變得更厲害？」

八婆笑著回話：「何止厲害？他甚至可以天下無敵。高一寸，強一成，他就是這個情況。對主攻手來說，身高決定了天賦的天花板。」未經林炅的同意，八婆捏了他的臉皮一下，嬌聲道：「小子，我不妨告訴你，我喜歡高大茁壯的小鮮肉……等到你身高超過六尺，歡迎你再來找我……我會好好『調校』你，將你的技術提升到新的境界。」

八婆一說完，舔了舔舌頭。

　　林旯只感到背脊發涼，根本不想再回來這地方。

　　玥兒聽到這番話，雙眼閃過了一絲異彩，很明顯是有了鬼主意。

8

　　昔日的香港比較冷，秋冬都會落葉。

　　再冷也好，熱汗照常蒸發。

　　天台球場的日期牌不停換牌，由兩位數變成個位數，最後終於歸零。

　　一月二十，大寒之日。

　　當晚將會由亞舜和林旯打頭陣，爭奪灣仔區的代表資格。懾於平山泊和海棠社的威名，全區的報名隊伍僅有四隊，因此平山泊只要連勝兩場，就可以奪得十八區爭霸戰的入場券。

　　七人車裡，姚水蜜向隊員們娓娓道來：「今晚最大的勁敵是海棠社，這個社團就是沒品，向台灣那邊借兵，買來了兩名高中球員。好在規矩禁止外籍非華裔球員出賽，否則大

家早就到歐美、非洲去挖角了！」

黑社會也有愛國的——

此言差矣！現實中，黑社會中人的愛國比例極高，尤其是一眾長老，全都懷抱振興中華的美夢。由「社團活動」開始推廣排球，就是一種愛國的情意結，期盼有朝一日力壓歐美。

亞舜、林炅和俞輝披著不同的外套，外套下卻是一樣的黑色球衣。原來幫主墨守城的偶像是秦始皇，他的龍袍是黑色的，五行黑為水，以水淹中州，故此幫主特別要求球隊選用黑色的隊服。剛好旺角這一期流行黑色，姚水蜜找時裝界的朋友合作，設計了這套極具潮流美感的球衣。

當晚的戰場是大坑道上的虎豹別墅遺址。

那裡本來是港島區最具特色的花園，政府下令清拆之後，現在就是一大片地盤，正好用來舉辦江湖球賽。

冤家總是狹路相逢。

當林炅跟著亞舜下車，就看見了對側那架綠色的跑車。那種綠色呈現金屬的光澤，整架車就像披著青銅鎧甲一樣炫目。

林炅瞟向亞舜，驚覺這位拍檔勃然變臉，眼中湧現仇恨的火焰。

由跑車上下來的男人梳著油頭，豹紋大褸，袒胸襯衫，一副花花公子的模樣。除了名牌太陽眼鏡，他還戴著浮誇的金戒指和金項鍊。

此人走過來，筆直地走到蒙剛的面前，拿出一根未點燃的香煙。此人的笑容有點虛假，就像一頭笑面虎，嬉皮道：「有沒有火？」

蒙剛聳了聳肩，賠笑道：「揚州沙皇楊公子，承蒙你給面子借火，但很抱歉我們球隊有禁煙令，沒人抽煙。」

楊公子甩臂彈指，往遠處丟掉了香煙，又道：「你的兄弟的確人強馬壯啊！欽敬、欽敬！你這個二當家混得不賴，風生水起，今晚要加油喔！」向蒙剛比出拇指之後，這個油腔滑調的公子便即轉身，逕自走進了當晚的會場。

玥兒不禁問道：「他是誰？」

蒙剛一邊偷瞟亞舜的表情，一邊回答：「泰迪，綽號揚州沙皇，海棠社大社長的二公子。剛出來混的時候，人人叫他『揚洲炒飯』，到他上位『登基』，小弟們為了奉承他，便

改稱『揚洲沙皇』。」

亞舜的雙眼就像兩頭惡犬，一直憤然瞪住泰迪。

在場之中，除了俞輝和吳法，誰都瞧得出亞舜懷有極深的恨意，卻不知他跟這位「沙皇」有甚麼過節。

江湖恩怨，球場決。

蒙剛抽完籤回來，向眾員宣布道：「第一場就對上了海棠社！這樣也好，早一點做個了斷。」

為了一鼓作氣取得三局兩勝，平山泊第一局就派出最強的組合──

林炅與亞舜。

經過兩個月左右的苦練，俞輝和吳法的球技大有進境，但還不足以扛起大旗。而蒙剛上了年紀，攻力不足，只適合當輔助支援的角色。說到底，平山泊仍是一支只靠林炅得分的球隊。

十八區爭霸戰有出場次數的限制，林炅只能出場兩局，最佳的策略自是安排他在前兩局上陣。換而言之，首兩局無法連勝的話，平山泊就要準備收隊歸家了。

眾員望向海堂社的陣營，有兩個高竿子一樣的球員鶴

立雞群。

姚水蜜用眼神示意，向林炅與亞舜道：「海棠社最高那兩名選手，就是來自台灣高中的精英選手，綽號『台灣雙塔』。一個是長得帥的『神塔』，一個是醜不啦嘰的『魔塔』。雖然台灣不是排球強國，但既然是海棠社買機票請來的球員，必然就有過人之處……」

每一局開始之前，對陣的兩隊才會揭露出場的球手，一旦向球證遞交了名單，這一局就不能替換球員。

果然，第一局就是關鍵局，雙方都派上最強的組合。

林炅與亞舜，對決台灣雙塔。

比賽之前，亞舜都在專心看書。

這樣做是為了平心靜氣，還是自信爆滿輕視對手？

姚水蜜看不透亞舜的想法，也不去打擾他，只朝林炅繼續說話：「我刷盡人情牌，聯絡台灣的親友幫忙，雖然找不到比賽的影片，但總算把比賽數據拿到手。台灣雙塔，最亮眼是攔網方面的表現，照我看是防守反擊型的球員……」

亞舜聽到這裡，忽然打岔道：「下次別浪費時間去搜集這種情報，妳有空的話，不如幫我排隊買演唱會的門票。」

姚水蜜暗暗納罕，原來亞舜一心二用，剛剛有在聽自己說話。姚水蜜有點不高興，噘嘴道：「知彼知己，百戰百勝嘛！」

亞舜笑道：「好一句『知彼知己』！知己的話，那我問妳——五十日前，隊內練習賽，我和林炅組隊，俞輝的攔網有幾成的成功率？」

姚水蜜想了一想，答道：「成功率大概是三成吧……」

亞舜又問：「最近的統計數據呢？」

就算姚水蜜沒做正式記錄，由於答案顯而易見，她很快就能回答：「唔……好像是零球。印象中，最近俞輝都吃癟了，攔不到你傳給林炅的扣球。」

因為這件事，俞輝大受打擊，徹底喪失了自信。幸虧俞輝頭腦簡單天性樂觀，姚水蜜找幾個妹子安慰他，不停誇讚其運動能力，說甚麼攔網總比得分難……於是俞輝誓要從亞舜手上搶走林炅，湊成更強的組合。

俞輝卻不明白，只有妙到巔峰的傳球，才能百分之百解放林炅的實力。縱使這段日子沒有對外比賽，林炅也隱隱有種感覺，只要他和亞舜發揮默契，兩人將會難逢敵手。

亞舜放下手上的書，開始站起來伸展筋骨。

擱在摺椅上的那本書，書名是《如何不帶髒字羞辱你的對手》。

接著亞舜扭開保溫瓶的蓋，而隊友們都知道他的特別喜好，就是不喝水不喝運動飲料，只喝不冷的熱泡茶。

保溫瓶冒出一團熱氣。

亞舜交到姚水蜜的手中，胸有成竹地說：

「茶涼之前，就會結束。」

戰鼓響起。

亞舜隨風脫手，拋開了運動外套。

今晚的他，為了令對手顏面掃地，將會從容不迫的使出全力。

9

十五比零。

亞舜和林炅只用了六分二十六秒，就解決了由台灣遠途而來的對手。

　　兩名稚氣未脫的高中球員目光呆滯，看著球場旁的分牌，忽然崩潰似的跪地痛哭。既然連倫敦橋都會倒下，那麼台灣的「雙塔」當然也會倒塌。

　　觀眾都是專程來看這場球賽，有的還由東莞坐了通關巴士而來，期待見證一場精彩得噴鼻血的龍爭虎鬥。哪想到只是吹牛吹大了，海棠幫重金禮聘請來的強援，竟然被暴虐得毫無還手之力。

　　不過，觀眾並沒有因此抱怨或謾罵，因為他們見證了一場畢生難忘的球賽。

　　棒球運動有「完全比賽」的說法，意思是令對手吞蛋的壓倒性大勝。

　　十五，零。

　　這麼誇張的比數竟然出現在排球比賽。

　　十五分當中的八球，林炅都是直接發球得分。

　　餘下七球，對手出盡吃奶的力接球，接著任由亞舜和林炅宰割。

　　最完美的托球，超高速的直擊，絕對攻無不破。

　　每次都必定得分，無一球是例外。

恐怖至極！

亞舜兌現了他的預言，回去喝茶的時候，茶還是暖的。

到了第二局，平山泊派出林炅與俞輝，一鼓作氣再下一城。雖然因為俞輝的失誤，海棠社偶有得分，但整場下來林炅與俞輝的聯防非常穩固，一個擅長接球，一個精於攔網，到了林炅的發球局便奠定了勝局。

蒙剛大喜道：「試陣成功！」

經過兩個月的磨合，亞舜與林炅已練出了默契。而在蒙剛的期望之中，俞輝是一著奇棋，就靠他來封擋新浪幫的雷造極。

毫無懸念之下，平山泊獲得灣仔區的代表資格，晉級十八區爭霸戰的決賽週。同一晚，十五艮以伏虎狂龍為首的主隊，亦大殺四方稱霸油尖旺區。另一邊廂，新浪幫拿下了元朗區，以黑馬之姿晉身爭霸戰。

當晚大勝之後，平山泊全員換回便服，到銅鑼灣的酒吧慶功。新開幕的酒吧位於三角旺地，生意興隆得令人眼紅，店名只有一個字：**炅**。

去年十月平山泊搶到這個地盤，最大的功臣就是林

炅，此店的招牌閃爍，彷彿在宣示這一番英雄事蹟。

由大坑道下坡，五分鐘左右就到酒吧。

亞舜心情大好，正要進門，卻被一陣強光猛照全身。馬路旁，紅燈前，靠停了綠色的跑車──那麼俗不可耐的車子，全香港可能只有一架，正是海棠社泰迪公子的座駕。

「嗨！」

泰迪把手伸出車窗，向亞舜打招呼，比了個「讚好」的手勢，滿面春風的模樣煞是惹人討厭。

亞舜嗤之以鼻，低聲道：「笑甚麼笑？輸到傻了嗎？」這一聲只有他身旁的林炅和蒙剛聽得見。亞舜走近跑車，隔著路欄，譏諷道：「不好意思，我今天忘了手下留情，令海棠社吞蛋，希望你不要太懊惱！」

想不到泰迪大笑起來，說道：「哪會！你做得很棒。那是我大哥的球隊，我今晚就是來看他輸球，結果太精彩了。真有你的，十五比零，哈哈！」

亞舜登時一怔。

「我哥哥狂妄自大，想搶個屁灣仔區的代表，現在一世英名盡喪。哈哈，我一直看他不爽，謝謝你幫我淘汰他！

今晚真是太暢快了！哈、哈！謝謝你！我的球隊是九龍城代表，決賽週再見！」

跑車像砲彈般穿越街口，半空迴盪的巨響就像嘲笑。

亞舜捏緊了拳頭，氣得咬牙切齒。

原來海棠社是家族幫派，這一代傳人有三位公子，泰迪是老二，而今晚平山泊擊敗的是老大的球隊。不知情之下，亞舜反而幫了泰迪一把，除去了他在內部的競爭者。

這樣的結果真是天意弄人。

亞舜轉身望向蒙剛。

蒙剛果然知情，向亞舜道：「對不起。我不想影響你比賽，所以才隱瞞了這件事。」

江湖說大不大，說小也不小，當蒙剛派人查出綠色跑車的車主，真是感到相當無奈，泰迪並非泛泛之輩，亞舜此仇只怕難報。人在江湖，並非身不由己，而是恩怨情仇都會將人捲入命運的漩渦。

亞舜沉默了半晌，似乎想通了，激動地說：「那種人渣想當霸主？哼，到了決賽週，我會親手淘汰他的球隊，毀掉他的春秋大夢！到時我要他一敗塗地、對我下跪！」

姚水蜜上前，輕輕抱住亞舜。

當晚在酒吧，林炅只點了果汁，深怕夜歸一事會令母親睡不好，讓她嗅到酒氣更是頭等大罪。但在眾人簇擁之下，林炅覺得盛情難卻，還是忍不住喝了幾口酒。

人生悲與喜，都離不了酒。

舉杯，祭酒，致昔日最愛的人。

今晚亞舜借酒澆愁，不能自已，喝得酩酊大醉。

因為他喝的都是烈酒。

本來運動員不應酗酒，但今晚他是個斷腸人。

醉了，亞舜真的是醉了。

在包廂裡，對著夥伴，他痴痴地說：「她叫雯雯，跟我同居了三個月……之後，就被那個人渣搶回去了。喪禮完了，我才知道，她的死因是吸毒……她跟我在一起的時候，明明沒碰毒品，一定是他為了操縱她，才害她染上毒癮的！對我來說，她是摯愛，但對那個渣男來說，她只是一件玩膩了的玩具！」

過去五十天共同苦練，共同奮鬥，真的打開了亞舜的心扉。

但俞輝始終跟亞舜不咬弦，當晚背對背坐在鄰桌，無意中聽到了亞舜的往事。俞輝就是神經大條，忍不住轉頭搭腔：「你也太想不開了……你跟她在一起才三個月，你又何苦對她念念不忘呢？」

亞舜目含悲怒，幽幽的道：「你不明白的。有些人在生命只出現一陣子，就可以令你魂牽夢縈一輩子。」

俞輝不爽道：「那也只不過是一個女人。」

亞舜連珠砲發地說：「我與她雙棲雙宿，吃過她做的料理，親過她的嘴，惹哭過她，逗笑過她，同床共枕，見過她起床時的素顏……只是沒有名分，但我和她曾經就像夫妻一樣。唉，像你這樣的嫖客，根本不會明白的。」

俞輝主動關心隊友，良心卻被當狗肺，頓時氣得舉起酒瓶。好在蒙剛及時按住了俞輝，這個莽漢才沒有動粗。

亞舜一轉臉，向林炅道：「求求你。你一定要把力量借給我，幫我報這個仇。江湖球賽，除了賭錢，亦可賭上尊嚴，加上額外的賭注。有一天，我一定要令那個渣男低頭，在雯雯的靈前跪著道歉。也許這就是命運，註定我會失去她……但我決不可饒過害死她的渣男！他必須受到懲罰！」

這番話直教林炅大驚不已，亞舜一向心高氣傲，如今竟然放下身段對自己懇求。熱血男兒，肝膽相照，林炅當即回答：「我答應你！」

亞舜笑了。

誰明白他一往情深？

林炅明白的。

當晚亞舜說過的話，也許在他酒醒後就不記得了，但林炅牢牢記住了。因為他的本性就是一諾千金的江湖兒女。

人在江湖，就有江湖情！

10

有仇不報非君子。

之前亞舜要林炅接受懲罰，去吃一間傳說中的壽司店，後來好像沒了這件事⋯⋯哪知只是林炅天真無知，低估了亞舜的記仇程度。

過年前，林炅已舉家搬離了劏房。儘管媽媽不停質疑租金太過便宜，蒙剛能言善道，只要由他出馬，就有辦法哄

倒母親。林炅心裡有罪惡感，唯有安慰自己：「我騙媽媽，全是出於孝心。」

終於，母女不用再擠在同一張床上。

終於，不用在馬桶旁邊做菜煮飯。

林炅看著妹妹天真的笑容，就覺得做了正確的決定。

即將邁入新的一年，林炅已感受到無形的新氣象。他也是來了香港才知道，酒家餐館為了賺錢，農曆除夕也要員工值班。傍晚，一家三口提早在五點吃完團年飯，媽媽就去了上班，妹妹縮在被窩裡看書。

洗碗的時候，林炅接到吳法的電話，這傢伙照常一派胡言：「一起吃過名醬壽司，我們就會成為真正的兄弟！」

聊了好一會，林炅才弄懂吳法的意思，原來是找他除夕夜出去玩。

名醬壽司全港只此一家。

店門外，姚水蜜、玥兒、蒙剛、吳法、吳天和亞舜全來了……林炅頗感意外，正想問：「你們怎麼都不用吃團年飯？」幸好腦筋動得快，想起他們都來自破碎家庭，才沒有說錯話。

名醬壽司名震天下，未聽過這間壽司店，就不算真正的香港人。江湖相傳，只要結夥到這間壽司店飽餐一頓，共患難見真情出生入死，就會成為名副其實的真兄弟。

這是林炅生平第一次吃迴轉壽司──第一次就是挑戰終極大BOSS。

果凍壽司、鹹魚壽司、冰淇淋壽司……

一盤又一盤口味奇特的壽司下來，擺在林炅的面前。

「快吃。要吃光啊！」

亞舜冷笑的樣子很可怕。

林炅已吃過晚飯，但為了遵守承諾，還是吞下這些標奇立異、天馬行空的壽司……結果他反胃了，衝進廁所，把傍晚吃的東西都吐出來了。

姚水蜜和玥兒好奇是甚麼味道，衝動之下嚐了一口……哪想到紅豆會和墨西哥辣椒混搭成一體，不僅顛覆了味蕾，簡直就是摧毀了味蕾！

果然是非一般的考驗，大夥兒好像共歷了生死一樣。

離店的時候，林炅有點腿軟，彷彿只剩半條命，但大家不准他回家休息，強迫玩通宵。

　　俞輝終於來了，這傢伙很明顯是故意遲到的，但姚水蜜不會讓他倖免於難，所以為他外帶了一盒壽司。

　　蒙剛笑道：「今晚，我們上山頂倒數吧！」

　　玥兒不知就裡，問道：「蒙哥，你的家人呢？」

　　這問題是問到了痛處，因為蒙剛在世上已無親無故。

　　眾人轉臉過來，怔怔地望向蒙剛，只見他笑了一笑，便回答：「都在這裡。你們都是我的家人。」

　　這番話觸動了每個人的心弦，玥兒立刻低頭說對不起。亞舜卻拿這個老大開玩笑，眨著眼道：「你快找個女人結婚，很快就會有更多家人。」

　　他們都沒有血緣的關係，但彼此之間都有超越血緣的羈絆，真真正正情同手足。

　　人的一生，就算親人是天註定的，但你可以選擇自己的夥伴和摯友。

　　江湖兒女江湖老。

　　不是可憐人，又豈會在江湖裡圍爐？

　　吳天最近考到駕駛執照，負責開六人車，而亞舜自己騎電單車上山。

　　路上塞車，車子徐徐穿過鬧市，只見火樹銀花不夜天，盛世無恙，華燈如常，童聲繞過喧囂的年宵花市，滿街滿巷都是熙攘的人潮。

　　大帽山是香港最高的山，車子駛過崎嶇狹隘的山路，不久就抵達了山頂。大夥兒下車，頂著寒流，摸黑走路，上空是難得一見的星空，下方是千門萬戶匯流的燈海，正是燎燎燈火熠熠星河，美得令人畢生難忘。

　　林炅有感而發，向身旁的玥兒道：「好冷啊！忽然想吃妳煮的番薯糖水呢！」此話只是隨便說說，卻令玥兒感動得眼泛淚光。

　　每次練完球，玥兒都會端上糖水或燉湯。

　　男人憑知識改變命運，女人靠廚藝來改變人生。

　　林炅最近好像再度發育，胃口大增，只要有人給他吃的，他都會吃個精光。明眼人都瞧得出來，玥兒這一招非常奏效，假以時日，一定會打動林炅的心。

　　吳法、吳天牽住林炅，回去車子那邊取東西。趁著玥兒不在，吳天一邊打開車尾箱，一邊用手肘推了推林炅，歪嘴笑道：「我問你噢——我看你還沒把她騙上床吧？」

她？林炅會意過來，尷尬萬分地說：「別胡說！」

吳天乾笑了一聲，指著車尾箱裡那兩袋東西，說道：「嗨！今晚，我來教你泡妞的絕技。當兄弟的，這是我以身犯險，走私過關帶回來的違禁品。」

仙女棒。蝴蝶球。沖天砲。

吳天口中的違禁品，原來是煙花。

林炅和玥兒玩煙花的時候，異口同聲地說：

「好懷念啊！」

霎時兩人相顧莞爾，原來玩煙花都是兩人的童年回憶。吳法和吳天在後面見狀，都在沾沾自喜偷偷暗笑。

今晚的重頭戲來了，一盒大型升空噴發型的煙花，盒面印了「夢想繽紛」這個品名。蒙剛道：「既然煙火叫『夢想繽紛』，我們是不是應該許願呢？一人一個新年願望。」眾人叫好，接受這個主意。

現實的勵志故事只是倖存者的偏見，絕大多數平民根本看不見翻身的希望，像他們這樣的人生僅僅是為了生存，就已經竭盡了全力。

但現在不同了。

只要球隊贏得了十八區爭霸戰，他們就會在江湖上揚名立萬，有了獎金之後，就有了改變命運的機會。

一人有一個夢想！

眾人團團圍著那盒「夢想繽紛」。

吳天點燃仙女棒當火引，第一個喊道：

「我要開春樓！」

玥兒接棒道：

「我要嫁給有錢人！當少奶奶！」

接著輪到林炅：

「我要在香港闖一番事業，讓家人過上好日子！」

就在姚水蜜要說話之前，亞舜插嘴道：「我猜得出妳的願望是甚麼。」姚水蜜反問道：「是甚麼？」亞舜眨了眨眼，微笑道：「妳有喜歡的人，妳希望他會接受妳……」

姚水蜜面上一紅，推了亞舜一把，才道：「你閉嘴！我的願望是幫球隊得勝！」

亞舜不再嬉皮笑臉，沉著臉道：「我要報仇成功，贏得十八區爭霸戰的冠軍，賺到人生第一桶金。」

最後，輪到吳法。

眾人都知道他傻乎乎的，以為他又會語無倫次，沒想到今晚出自他口中的願望，竟然感動了所有人：

「我……我要和大家永遠當兄弟！」

隔了半晌，蒙剛才第一個回應，拍掌道：

「說得好！有福共享，有難同當！」

三、二、一！

眾人疊掌壓下仙女棒，點燃了導火線，一邊聽著嘶嘶音，一邊往後退開，再仰望同一片夜空。

除夕寒空，火花如雨。

林炅環顧四週，哪怕人心易變，但他心中冒出一股強烈的信念——這班兄弟都是真兄弟，會為對方赴湯蹈火，會為彼此奮不顧身，今生今世結義結緣，粉身碎骨無怨無悔。

友情，是比血更深的羈絆。

留下笑聲，留下夢想，留下眾人的心願。

讓人生的煙花盛放。

不怕輸，不怕哭，不怕黑暗，不怕噩夢，不怕未來。

大年初一的曙光降臨大地，又是新的一年。

11

看完日出之後，眾人冷得瑟瑟發抖。

曈曈霧色，暮露成霜，一陣谷風吹來，大夥兒只想趕快回到車上。

山上的氣溫低至零度，姚水蜜和玥兒上身穿大褸，下身穿的卻是短裙短靴，露出一大截腿部。不過，俞輝比她們更強，竟然還穿著短袖T恤，而他的祖先明明來自赤道上的熱帶地區。

俞輝與林炅並肩走著，忽道：「喂！你這傢伙是不是長高了？」

兩人初會之時，身長六尺的俞輝比林炅高出一截。沒想到相隔短短兩個月，林炅已差不多跟俞輝平頭而立。

林炅不住點頭，事隔兩個月，他竟然長高了兩寸，此事簡直就像奇蹟一樣。莫非是那晚聽了亞舜師父八婆的忠告，他的身體就像受到催眠一樣增高？事後，林炅才知道八婆是個「女雄」，心理上有抗拒，便不想去拜她為師。

俞輝道：「你真的長高了！為甚麼會這樣的？是不是吃

了增高丸？」

林炅覺得是無稽之談，只是搖頭道：「我也不曉得呢⋯⋯」他在此時瞥向一旁，發現玥兒的表情怪怪的，一對眼珠兒滑不嘰溜在轉，就像是一種心虛的狀態。林炅出於關心，向她問道：「妳怎麼了？」

玥兒打了個哆嗦，支吾道：「沒甚麼。」

林炅以為她在發冷，也沒追問下去，因為一說話就會呼出熱氣。

臨走前，大夥兒情不自禁，再一次望向雲海之上的旭日，還有那一片暮光披紗的城景。

他們都很年輕。

年輕的心往往是熾熱的，有著共同的信念——

未來有無限的可能，夢想可以成真。

玥兒湊近林炅，竟然大膽起來，摟住了他的臂彎。林炅傻乎乎的，以為她冷壞了，便讓她挨近他取暖。玥兒見他沒有抗拒，心中便有了表白的勇氣。

「林日火，我可以跟你預約嗎？」

「預約甚麼？」

「我看好你會成功的！當你賺到第一個一百萬的時候，你一定不可以對我始亂終棄啊！」

不只是林炅噴出鼻涕，連旁人都忍不住噴鼻涕了。

亞舜好心勸道：「傻丫頭，我教妳……妳想說得含蓄一點，可以用糟糠之妻這個典故……雖然妳跟他十畫還沒有一撇。」

玥兒嗔道：「去你的！」

亞舜嘲諷道：「傻丫頭，林兄弟是斯文人，妳滿口粗言穢語的話，他是不會對妳有好感的！」

玥兒發出「哼」的一聲，乾脆把羞恥心丟開，抱緊林炅的臂膀，一臉天真爛漫，義無反顧地說：「林日火，無論你要去哪裡，上天堂下地獄，刀山火海油鍋，我都一定要跟著你。」

林炅聳了聳肩，抹了一把冷汗，皺著眉道：「甚麼天堂地獄？過年期間，妳這樣說很不吉利耶！」

女追男，隔層紗……但不是對任何男生都管用。

林炅就像沒聽懂她是示愛的意思，沒有任何表示，一路上裝瘋賣傻。

其他人識相知趣，故意走快幾步，留下這對少男少女獨處。

玥兒低聲問道：

「你還走不出來嗎？」

林炅微微一怔，很快會意過來，知道她問的是失戀的憾事。

「嗯。」

「有專家說過，治療失戀的最好方法，就是開始新的戀情……所以，你有想過要再談戀愛嗎？」

她的暗示已經相當明顯。

林炅腦中思緒紊亂，心念一動，便道：「亞舜比我帥，又是名牌大學生，將來一定很有錢……妳不是許願說要當少奶奶嗎？他現在單身，說不定妳有機會……」

玥兒乍聞此言，本來氣得想揍人，最後只是歎了口氣，沒好氣地說：「對女人來說，他很難令女人產生戀愛感。這麼說，你是一點也沒發現嗎？」

林炅奇道：「發現甚麼？」

玥兒若有所示，眼珠兒骨碌骨碌轉了一圈。

林炅呆住了一會，忽然恍然大悟，驚叫道：

「不會吧！難道亞舜只喜歡……」

「嗯！」

「——他只喜歡男人？我好驚訝呀！」

玥兒翻了翻白眼，不想大費舌唇解釋。

風瑟瑟，兩人默默走路的時候，萬籟彷彿只剩下風聲。

隔了一會，林炅垂著頭道：「對不起，不知道為甚麼，我沒有再去喜歡一個人的勇氣。」

風聲靜止的時候，玥兒才說：「你為甚麼要道歉？別想太多好不好？我是個花痴，很容易見到男生就喜歡，也很容易就對男生失去興趣。」

就這樣，兩人再無言語，一路來到了荒地的停車區。其他人都沒有問長問短，除了不想多管閒事，也是為了避寒，早就躲進了開著暖氣的車廂裡，只剩吳法和亞舜還在外面逗留。

吳法目不轉睛，摸了摸亞舜的電單車，讚不絕口：「亞舜，你的電單車真是超帥氣的！」

亞舜看透他的心思，道：「我沒帶乘客頭盔……不過你

想坐的話，也是可以的，我會開慢一點，應該沒有大礙。」

吳法雀躍得跳起來，比亞舜更早騎上電單車。

玩了一整晚，大夥兒都累了，相約下山之後一起喝早茶，就是不知年初一有沒有茶樓營業。

姚水蜜由裡面打開車門，讓林炅和玥兒坐在中排。未等眾人繫好安全帶，吳天已發動了引擎，亂吼道：「嚎！我是山路下坡之王！」

亞舜騎著車，當開路先鋒。

車廂裡有一隻飛蛾，停了在玥兒的鼻尖上。

——帶著夢想，飛往高處。

車廂溢出流行曲的歌聲，彷彿隨風四散，在幽谷之間迴響。玥兒撥開鼻上的飛蛾，飛蛾有一對黑色的翅膀，像標本一樣貼上前車窗的玻璃。彎曲綿延的車道在眼前傾斜，玻璃上的黑蛾恰好與電單車重疊。

有夢想，就會有夢碎的時分。

他們都很年輕。

正因為太過年輕，才不知命運的殘酷。

無聲無息，死神降臨。

　　隔著前車窗，車內的人看見電單車打滑，過彎時如砲彈般撞向了鐵欄，兩名乘客甩飛出去！整片世界彷彿只剩下驚駭的尖叫聲，冒火的電單車瞬成廢鐵，零件散落，亞舜和吳法生死未卜⋯⋯

惡四聯盟

胡克隆也真是個窩囊廢，
面對明顯針對的發球，
竟然做不出任何招架的反應。
「左手！」
「右手！」
「褲襠！」
那種令人絕子絕孫的下旋球，
真是過分陰毒，
有的觀眾不忍直視，
有的觀眾卻拍手叫好。

第十二回

惡四聯盟

1

　　林炅由醫院回家，睡了非常糟糕的一覺，醒來已是下午五點。

　　早上目睹的意外恍若一場噩夢，血泊和救護車染紅了回憶，林炅仍然難以接受現實。打電話給蒙剛，他和吳天寸步不離留在醫院，還在急救室的外面。

　　「仍在搶救中，有消息我會通知你。」

　　蒙剛的聲音十分疲累。

　　不是噩夢。

　　一切，都是真的。

　　大年初二的早上，林炅焦急難耐，直接去醫院看一看情況。過年期間到醫院，實在兆頭不好，但林炅不是迷信的人，更何況關心朋友的安危，也顧不得忌諱不忌諱了。

　　在醫院大堂，林炅碰到正在等電梯的蒙剛，原來墨幫主也來了。蒙剛憂喜參半地說：「吳法和亞舜離開了急救室，現在轉到了深切治療部⋯⋯不過，尚未渡過危險期。」

　　危殆、危殆⋯⋯

　　兩人依然危殆，情況仍不樂觀，在香港的醫療系統中，「危殆」是最嚴重的等級。

　　到了年初三，大夥兒再到醫院探病。姚水蜜和玥兒哭腫了眼，就連俞輝也有黑眼圈。吳天憔悴得雙眼凹陷，眾人皆知他和吳法最要好，看著吳法躺在床上昏迷不醒，感覺應該就像斷臂一樣難受。

　　蒙剛似是經過再三掙扎，才向眾人道：「醫生說，吳法隨時都有生命危險，而亞舜傷及了脊椎，之後有很大的可能要坐輪椅⋯⋯能不能撿回小命，這一切還很難說。」

　　聽見這樣的壞消息，人人都曉得亞舜已不可能出賽，但誰都沒有將這樣的心聲說出口。假如可以回到除夕重新許

願，他們的心願都只有一個，就是祈求逢凶化吉平平安安。

　　大夥兒一同到大廟祈福，唯獨俞輝說身體不適，頭也不回告辭。玥兒盯住他的背影，不忿地說：「這個巴鐵也太絕情了吧！」吳天接話道：「不是的……電單車冒火的時候，輝哥第一個衝過去，抱了亞舜出來……」

上香拜拜──

　　神明的尊像紋絲不動。

　　農曆正月初三，四處喜氣飄揚，但林炅意興闌珊，只想回家睡個懶覺。當他在巴士上層的連位坐好，才發現玥兒也跟著上車。她不請自來，問也不問，就佔據了鄰座。林炅本來想說些甚麼，還是作罷，無聲勝有聲，頭一撇，默默望出窗外，讓浮華的街景填滿腦海。

　　下車時，玥兒低聲道：「赤口不宜拜年，我陪你走到樓下，我就會消失。」

　　林炅點了點頭。

　　老天愛惡作劇，兩人一到大廈門口，就與母親鄭玉瑛不期而遇。這場惡作劇的亮點，就是跟母親偕行的女生──粉紅毛帽，絨毛上衣，竟然是黑道千金潘蝶菲。菲菲一見到

林炅，立刻舉起半身高的大紙袋，大喊道：「相公！」

這個稱呼當然惹起誤會，林炅立刻衝著菲菲大喊：「妳別亂喊好不好！」

菲菲卻道：「我爹爹叫我來拜年，他特別叮囑我對你要用敬稱。為了展示最大的誠意，我用相公這個敬稱，又有甚麼不對？」

相公一詞，由來的確並非「老公」的意思，但林炅懶得跟她咬文嚼字，歎息一聲之後，只想盡快打發她走。原來菲菲不知他搬去何處，便到他媽媽工作的餐廳接她下班……這件事令他媽媽感到有點恐怖。

林炅接過大紙袋，取出裡面的大禮盒，唸出盒面的字：「雕梨……海味至尊大禮盒？」正如其名，盒裡表層的大雪梨雕鏤著吉祥字，內層則是高級的乾貨海味，一看就知道價值不菲。

鄭玉瑛雖然面露不悅，還是邀請兩女上屋做客。哪知菲菲不知斷了哪根神經，竟然胡言亂語：「不用了！我要跟林相公去約會！」此言一出，大大陷林炅於不義，鄭玉瑛張著嘴說不出話。

　　下一秒，鄭玉瑛匆匆開門搭電梯，不想干預年輕男女的糾紛。

　　未等林炅息怒，菲菲已拿出一封大紅包，雙手奉上，說道：「相公於我有救命之恩，小女子一番小心意，還望相公笑納。」那封大紅包厚得嚇人，林炅連碰也不敢碰，嗆道：「妳有病啊？無功不受祿，妳拿回去吧！」

　　菲菲若有所思，吞吞吐吐地說：「如果有功呢？其實……我急需你的幫忙。」林炅頓時面色一沉。菲菲又道：「之前得罪了你，爸爸就要我禁足。但……只要我說是跟你約會謝罪，爸爸就會讓我外出。再過幾分鐘，司機就會開車過來，求求你幫我圓謊！」

　　林炅問道：「約會？妳要去甚麼地方？」

　　菲菲嫣然笑道：「我想去看黑龍小王子的比賽！」

　　林炅看著她自作多情的傻相，忍不住調侃道：「胡克隆給妳灌了迷湯嗎？到底妳看上他哪一點？」

　　菲菲面上一紅，答道：「他是學界第一的排球高手！」她一邊說，一邊用手心捧住發燙的臉。

　　林炅又好氣又好笑，瞪著她說：「真的嗎？」

　　菲菲彷彿聽不出嘲諷之意，自顧自道：「你知道嗎？他今天會以聖祖書院的隊長身份，迎戰新界、九龍四大強隊的高手！我絕對不可以錯過他的英姿！」

　　年初三舉辦排球比賽？哪有體育館在公眾假期開放？林炅只是半信半疑，瞪著菲菲，暗道：「不會是甚麼詭計吧？看來又不像……」

　　在菲菲死心不息苦苦哀求之下，林炅吃軟不吃硬，便當是成人之美，答應陪她上車。這瘋婆就像瘟神，林炅想脫離她的魔掌，最好就是讓她纏上胡克隆……這樣最好！林炅露出了惡魔般的笑容。

　　「好！我送妳過去體育館的門口，然後我立刻就走。現在是新年，我不想見到胡克隆那混蛋！」

　　至於那封大紅包，林炅決然拒收，不想和她有金錢上的瓜葛。玥兒一直氣鼓鼓的，怒瞪菲菲很久，但菲菲不懂人情世故，也不懂甚麼叫女人的嫉妒心。轎車來了，林炅上車，玥兒也跟著上車，三人同去體育館。

　　在轎車裡，林炅夾在兩女中間，感覺異常尷尬。他貼近玥兒，耳語道：「妳幹嘛也去？」玥兒也湊近他耳邊，說

悄悄話：「怕她對你有不軌的意圖！女人心，可以很壞⋯⋯你跟她獨處的話，不怕她誣告你性騷擾嗎？」此話並非沒有道理，林炅只得依她。

體育館就在他的新居附近，不到五分鐘的車程。

一下車，來到館外，就感受到一股不尋常的氣氛。

左邊一堆，右邊一夥，橫街都是年輕的面孔，嘴角銜住的都是香菸。一大片吞雲吐霧的奇景，不下於廟宇裡的煙火繚繞。

這些人很明顯是不良少年，說話特別大聲，滿口髒話連篇。經過的時候，林炅豎起耳朵，聽到有人大笑道：「今天的比賽太有趣了！人人親眼見證，學界最強的神話，原來只是天大的笑話。」又有人說：「黑龍小王子？屁啦！被打到變成了黑糖小桂子！垃圾呀，哈哈！」

林炅本來不想進館，但聽見胡克隆陷入苦戰的消息，難免冒出幸災樂禍的好奇心，實在很想看看他輸球的醜態和可憐相。

館內，鬧鬧攘攘，竟然座無虛席，連看台的階級都站滿了人。

掛著四間中學的豔色大橫額——紅旗上書「**陳羅閶中學**」，黃旗屬於「**商海幫中學**」，白色的是「**震旦中學**」，藍色的是「**鑰智中學**」。

砰！

擲地有聲的撞擊——

重重的扣球落在木地板上的響聲。

2

林炅和玥兒終於踏入場館，只見球場上豎起了排球網，一藍一紫，兩隊人正在比賽。這當兒，藍衫一方的重鎚手高空扣殺，球兒見縫穿針似的破防，清脆落地得分。重鎚手得分之後，氣焰相當囂張，做出擦鼻子的侮辱性動作。

再走近一看，林炅喊出一個名字：「胡克隆！」

球場上，與藍衫一隊對決的紫色球員，全是聖祖書院的選手。

胡克隆站在後排側翼，剛剛那一球砸在他的腳邊。這個隊長也真的不爭氣，竟漏接了這種迎面而來的直線球。

滿場響起震耳欲聾的吶喊：

「聖祖書院，不過爾爾！」

分數牌下方居然貼上了校名——藍衫一隊是「**鑰智中學**」，紫色一方是「**聖祖書院**」。這一局的比數是15比6，鑰智中學領先九分。林炅有過人的記憶力，隨即想起鑰智中學是吳天的母校。

有人呼喊菲菲，看來是她的女校同學。同學問：「妳怎麼這麼遲才來！」菲菲歎了口氣，然後著緊地問：「小王子要輸了嗎？還是這只是熱身賽？」那同學滿臉青春痘，姑且可以稱之為「痘妹」。痘妹搖頭道：「已經輸了兩場，這是第三場……唉，真是慘不忍睹。也許他今天狀態不好，也有可能是受到隊友的連累……」

菲菲和痘妹在看台前聊天，擋到了前排的視線。一個油頭肉臉的男子擠眉弄眼，大聲喊道：「姑娘哪！妳們快去洗一洗眼睛吧！明眼人都看得出來，妳們崇拜的小王子是個敗家子，他接球的基本功爛透了，好多球都是他丟的！」

菲菲不忿道：「你是哪根蔥啊！」

男子挺胸站起來，不屑道：「本人叫鄧波！商海幫的隊

長就是我。妳現在才來到，真可惜哪，錯過了我的英姿⋯⋯呵！一開場，就是我們商海幫中學打頭陣，將聖祖書院往死裡打！殺得片甲不留！」

鄧波個子不高，八字眉之下，有一張留級十年的老臉，但年齡確實未超過中學生的上限。他身穿橘紋的黑色球衣，站在商海幫的隊員前面，自有一股卓爾不群的領袖風範，儼如某商號的大老闆。

菲菲一臉難以置信，直到痘妹朝她點頭，才確信真有其事。

鑰智中學、震旦中學、商海幫中學，以及陳羅闐中學，合稱為「惡四聯盟」。雖然他們是BAND 3中學，但近年四校的校長結盟，鼓勵好勇鬥狠的學生去做運動，結果締造出連番佳績，躋身成為學界列強，堪可威脅傳統名校的霸主地位。

學界D1[*]排球賽開幕之前，網民在體壇討論區論戰，胡克隆不知何來的自信，說甚麼新界和九龍區的優勝隊伍，放在港島區只是二線水平。網民人肉搜尋，查出他是聖祖書院的隊長，論戰演變成罵戰，成為全港中學生的熱門八卦。

[*]D1：DIVISION ONE的簡稱，校際賽事的最高水平級別。

胡克隆受到挑釁，自以為可以代表聖祖書院，竟與四大武校相約在大年初三私鬥……照理說，這一天不可能訂到體育館，胡克隆也曾這麼以為，哪知四校為了砸爛聖祖書院的招牌，真的解決了場地的問題。

只怪胡克隆不自量力，答應四場車輪戰，而「惡四聯盟」也不敢怠慢，呼朋喚友來助威。當林炅到場的時候，聖祖書院已經兵敗如山倒，分別連敗給商海幫與震旦中學，現在就遭受鑰智中學處刑式的凌虐。

砰！

又是在胡克隆的位置失分，不曉得是不是輸得慌了，他的臨場發揮簡直連小學生都不如。

林炅看了一會，愈看愈覺得過癮，瞥見商海幫陣營的前排有空位，便向鄧波道：「師兄，請問我可以坐在這裡嗎？」鄧波打量著林炅，奇道：「為甚麼？」林炅道：「我跟那個胡克隆有過節，今天的比賽大快人心，我很想坐在第一排，好好觀賞他的醜態。」

鄧波雙眼雪亮，聽得出是肺腑之言，便善待客人，做了個「請坐」的手勢。商海幫中學是全港知名的「武校」，

球員個個都長得不像善類，而林炅竟然帶著「正妹」玥兒，面不改色坐在他們面前。一眾隊員只當他是個有豔福的傻子，哪裡想到林炅有不尋常的背景，這樣的場面對他來說只是小兒科。

林炅和玥兒跟著眾人齊聲喝倒采：

「聖祖書院，不過爾爾！」

場上有大人正在用攝錄機錄影比賽，此人的臂膀貼著「YT」的圖標。「YT」是最熱門的網上串流影片平台，玥兒一瞧見這樣的事，脫口而出：「哇！只是輸個球，就要身敗名裂了嗎？」

鄧波見她長得漂亮，便主動答腔：「沒錯！今天的盛事將會在網上廣傳，在歷史上留名！標題我想好了，就叫『赤口群揪會』！」

商海幫這邊保留著分牌，他們以25比12的比數大勝。攝錄機剛好對焦這一邊，鄧波眼明手快，舉起了分牌，做出勝利的手勢。原來鄧波為了羞辱聖祖書院，即興譜了一首歌，歌詞滿是髒字，只待完場的一刻，就會率隊到場上載歌載舞，這樣的網絡影片絕對可以掀起熱話。

聖祖書院樹大招風，世人當然想看這棵大樹倒下，好好恥笑一番。

球場上，鑰智中學有名特別高的球員，總是負責終結的扣殺。他的臉長得像野獸，身材也像野人。幾乎每一次機會球，都由他來擔當攻擊主力，狠狠砸在對面球場的地板。

19比10。

玥兒第一次看本地的校際比賽，覺得不如江湖球賽，又跟鄧波聊起來：「那個野人是很有名的選手嗎？」

鄧波道：「他嗎？李文達是今年學界的新星，因為他碾壓級的扣殺能力，大家都給他起了一個綽號——學界D1的殺戮天使！他向世人示範了甚麼是暴力排球！」

玥兒道：「暴力排球？我覺得只是很普通……」

鄧波不以為然，隨口應道：「小妹妹，妳不懂排球別要胡說。」

玥兒做了個鬼臉，面向林炅道：「我覺得比起你，這個人只是小巫見大巫。」林炅為人比較謙虛，只是在喉頭裡發出「嗯」的一聲。

「破！」

殺戮天使李文達大喝一聲，硬撼兩名攔網手，又再輕鬆得分。

20比10。

大幅領先十分之後，鑰智中學的領隊覺得贏定了，竟然一次過替換場上的六名正選。離場前，李文達故意說給全場聽見：「我們滿懷期待，搭巴士過海，哪想到聖祖書院弱成這樣！沽名釣譽哪！」

誰都看得出來，換入的都是二線球員，鑰智中學這樣做，就是一種蔑視對手的表現。

胡克隆輸得灰頭土臉，丟臉丟到外太空，但他居然擺出隊長的架子，指責站在前排攔網的隊友。人算不如天算，接著排球發到胡克隆的頭頂，他竟犯下初學者的失誤，以醜陋的姿態接失這一球。

「好笨喲！太好笑了！大快人心！」

林炅笑得前傾後仰，笑聲非常誇張，就是故意要讓場上的人聽見。

鄧波見狀，瞇眼笑道：「看來你心中的仇恨值真高呢！你跟胡克隆有何深仇大恨啊？」

遇上這種問題，林炅本來想含糊其辭，哪知菲菲恰巧走近，插嘴道：「喂！你不是聖祖書院的學生嗎？怎麼倒戈相向？」

話一出口，菲菲才知自己說錯了話。

因為商海幫惡形惡相的隊員都聽見了，一雙雙眼睛都在瞪著林炅。

3

說者無心，聽者有意，菲菲那番話為林炅帶來了麻煩。看台第二排的雞冠頭小哥，兇巴巴問個明白：「小兄弟，你是聖祖書院的學生？」

這是事實，林炅唯有頷首以對，而另一邊有人大罵：「你這個間諜！卑鄙小人！枉我們當你是自己人……」

林炅乾笑了一聲，不慌不忙地說：「雖然我是聖祖書院的學生，但我對學校沒有一絲歸屬感。胡克隆那廝曾加害我，對我拳打腳踢，所以今天看見他受辱，我比你們每一個人還要高興！」

這番話說得氣憤填膺，聽者都為之動容。這樣的事菲菲是知情的，她首次對林炅心生同情，不禁歎了口氣。

恰好在這時，聖祖書院叫了個暫停。

眼前忽然來了個穿著聖祖運動服的男生。

林炅認出是個低年級的師弟，暗暗的納罕起來。師弟不理會商海幫的敵視，走到林炅的座前，咬一咬唇，昂然道：「師兄，姚老師請你過去，他想跟你說個話。」

胡克隆鬧出這個亂子，辱及校譽，驚動到姚老師在過年期間趕過來。現在網絡發達，醜事傳千里，也只不過是短短幾秒的事。姚老師責無旁貸，很大機會要揹上這個鍋，替胡克隆收拾爛攤子。

這一刻，林炅成為看台上的焦點，背對著一眾不良少年的目光，林炅為表清白，便向那師弟道：「事無不可對人言，姚老師有甚麼要跟我說，託你傳話不就好了？我不會過去的！」

小師弟忽然向林炅鞠躬，俯首喊道：「師兄，求求你上場，替聖祖書院出戰！」

此時此地直言無忌，卻是陷林炅於不義。林炅疾言屬

色地說：「你在開玩笑嗎？我又不是排球隊的人——應該說，我從來沒加入過排球隊！」

小師弟雙眼閃爍著天真的光芒，誠心道：「我們願意相信你。只有你可以幫姚老師……因為這件事，他感到心灰意冷，打算引咎辭職。」

林炅別過臉，瞪著聖祖那邊的球員，那個六號，還有九號秦鵬，都是曾經在公園圍毆過他的師兄。林炅心意已決，怒道：「不行就是不行！你們排球隊的主將得罪過我！除非那些人親自對我下跪，否則我與他們誓不兩立！」

姚老師一直器重自己，這番知遇之恩林炅是感激的。但是，那些舊恨都是林炅心中難以磨滅的傷痕——要跟欺凌過自己的人合作？往他們面上貼金？林炅器量再大，如何也沒法嚥下這口氣。他悻然想道：「就算是姚老師出面求我，我也不會賣這個人情！」

這邊是著名武校商海幫的陣地，小師弟獨個兒過來，這番勇氣倒是可敬。林炅眼見小師弟轉身欲走，腦裡閃過一個念頭，便大聲叫住了他。

「等等。」

「師兄？」

「我願意上場。」

眾人聽到林炅突然改變心意，都是大為錯愕。小師弟喜出望外，差點要哭出來似的。就在熾熱的白光燈下，林炅一步步走向排球場，一雙雙好奇的目光聚焦在他的身上。

這時候，暫停時間結束，聖祖六名主將已返回球場列陣，隔著球網，皆對突然出場的林炅感到詫異不已。

林炅上場了，不過是站在聖祖的對立面。

在空曠的場館之中，林炅洪亮的聲音傳到每個人的耳中：「聖祖排球隊所有人，你們聽著，我現在一個對付你們六個！由我開始發球，如果你們有人能接起我一球，就當是我輸！」

此言一出，簡直駭人聽聞，看台上下一片譁然。不過群眾都以為林炅說得那麼誇張，只不過是為了侮辱對手。

「一個打六個？」

一個人狂妄到甚麼程度，才敢說出這種欺人的話？就連「殺戮天使」李文達聽了，也忍不住皺了皺眉。沒想到林炅親自過來，向他這個隊長拱手作揖，恭敬道：「各位鑰智

中學的好漢，請你們借一球給我玩玩，讓我替你們出場。」
李文達見他這麼有誠意，便交出了手中的排球。

當林炅回到場上，聖祖前排的六號球員朝他大喊：
「你只有一個人，怎麼接球反攻？」

林炅笑了笑，口出狂言：「不會有這樣的事。因為我敢
打賭，你們全隊之中，不會有人接得住我的發球！」

聖祖書院包含胡克隆在內的主將，立時怒不可遏，目
光都要噴火似的。

商海幫和震旦中學的隊員，還有其他來看好戲的學
生，即時湊熱鬧紛紛叫好。聖祖書院已輸得夠慘了，如果再
上演狗咬狗的餘興節目，對觀眾來說就是不枉此行了。

鑰智中學一眾球員哈哈大笑，李文達也替林炅說話：

「他的失分就算在我們的帳上吧！」

在看台的另一端，坐滿了陳羅閣中學的排球悍將。

陳羅閣中學直接向聖祖書院放話：「你們沒有跟我們同
場比試的資格！」貴為今年學界精英賽的大熱門，陳羅閣的
實力公認是四校之首，因此真的有資格說出這番話。他們本
來打算率隊提早離場，這時瞧見林炅出來攪和，就留下來看

看這小子有何能耐。

　　也就是說，這場比賽就是最後一場，觀眾都期待以鬧劇收場。

　　報仇的機會千載難逢，林炅暗中打定主意：「我要聖祖書院遺臭萬年！胡克隆永遠抬不起頭做人！」

　　發球之前，林炅指著胡克隆的位置。

　　「黑龍小王子，保證不會騙你，我會打向你的位置！準備接招吧！第一球！」

　　語畢，林炅向上拋球。

　　這是林炅第一次在正式比賽的場合，向胡克隆轟出配合助跑的跳發球。

　　有如光波一閃，球影快到消失了一樣。

　　砰！

　　胡克隆完全沒有反應。

　　有進？沒進？裁判竟然也瞧不清楚。

　　館內的觀眾都看得目瞪口呆。

　　這是超出所有人想像的超高速發球，已臻奧林匹克的水平。

「第二球！」

為了讓觀眾看得清楚落球之勢，林炅這次不再尊重對手，直接轟向胡克隆的上身。經過兩個月的特訓，林炅現在轟出的發球尾勁凌厲，接球的一方只要馬步不穩，立時就會被震飛出去。

這是胡克隆第一次硬接林炅的發球，終於體驗到撕心裂肺的恐怖——球威之強，餘勁之猛，就像有跑車重重撞向自己，帶來腦震盪一般的衝擊。

轟！轟！轟！

接連好幾球，林炅都轟向胡克隆的胸口。胡克隆也真是個窩囊廢，面對明顯針對的發球，竟然做不出任何招架的動作。當林炅發現他如此無能，更加肆無忌憚，在發球之前預告瞄準的位置。

「左手！」

「右手！」

「褲襠！」

那種令人絕子絕孫的下旋球，真是過分陰毒，有的觀眾不忍直視，有的觀眾卻拍手叫好。幸好胡克隆來得及護

陰，但強大的衝擊力還是將他震飛出去，令他往後摔了個跟頭，出盡了洋相。

林炅就像個成魔的天使，在球場上對胡克隆動用私刑，當他是死囚一樣就地正法。

原來胡克隆愛出風頭，之前在聯校活動自吹自擂。潘蝶菲和同學迷上他，當成追星一樣的活動。如今看見這些女校生崩潰，發出花容失色的哀嚎，在場的男生都大感快慰，全力為林炅叫好和鼓掌。

林炅也不會放過六號和九號，故意瞄準他們的位置，轟出一記又一記的跳發球。

整隊聖祖書院的主將，拚盡九牛二虎之力，竟無一人接得起林炅的發球！

除了自由球員之外，五名上場的選手都穿著紫色球衣。

紫色本來是尊貴的顏色。

現在，紫色變成丟人眼現的羞恥色！

有些觀眾大笑之餘，漸漸看出了是甚麼回事，頓覺無比心寒：「這個突然冒出來的小子，到底是甚麼怪物？」

商海幫的鄧波看得垮掉下巴，暗自冒汗道：「那種發球

的威力，只怕是我們球隊，也不會有隊員接得住！要是與這傢伙為敵的話，我們就會吃盡苦頭！」他最清楚各隊選手的水平，而縱觀全港學界，似乎也不曾出現過林炅這種級數的強者。

又一球！林炅已經連續十球直接得分。

目光掠過板凳那邊，林炅發現幾個低年級的師弟都在偷泣。剛剛作弄了那個小師弟的感情，林炅難免泛起了一絲愧疚感，但他實在想不明白：「哭？有甚麼好難過的？校譽真的這麼重要嗎？」

在一片騰笑聲與噓聲之中，人人皆知聖祖書院氣數已盡，比賽完了就會成為世人的笑柄。

板凳席那邊，姚老師站起來了，腋間夾住手提電腦，似要有所行動。

4

變局迭起，嘲笑聲蓋過了腳步聲。

姚老師是排球隊的領隊，與聖祖書院簽的不是長約，

要是球隊鬧出醜聞，他的教職就會不保。但姚老師並不在乎，他對排球滿懷熱誠，很想執教一支學界D1的球隊，為此鞠躬盡瘁，就連假期都留在學校陪練。

當林炅背對球場的時候，姚老師來到了場邊。當林炅轉身起跳發球，姚老師已站在場上，就在排球飛轟的方向。

一晃眼間，又猛又快的排球直砸面門，姚老師不閃不擋，硬吃了發球，整個人四腳朝天倒地。當他的後腦撞在地板，發出一下訇然巨響，驚心動魄震懾全場，球員和觀眾都擔心會鬧出人命。

剛剛林炅的確殺紅了眼，這一刻他回復冷靜，隨即繞到球網對面，大喊一聲：「姚老師！」

姚老師躺著不動好一會，才由隊員扶著站起來，兩行鼻血沿著人中流下來。有人遞來紙巾，姚老師便用來塞鼻止血，由跌倒到這一刻，他的左手一直緊握住手提電腦。

雖然是姚老師突然進場，並不是林炅的錯，但林炅始終尊師重道，主動向姚老師道個歉：「對不起……我來不及收手……」

姚老師打斷道：「來得及的……林炅同學，就當是我求

求你，請你收手吧！就此收手，不要毀掉聖祖的聲譽，說到底你現在還穿著聖祖的校服。」

對著姚老師炯炯的目光，林炅心中浮現一絲慚愧感。

此時，姚老師打開手提電腦，螢幕上是個網頁，顯示討論區的內容。林炅一目十行，看見標題是「垃圾娘娘」，便知是那則羞辱他母親的帖子，不由得感到刺眼又刺痛。

——姚老師幹嘛重提此事？難道要當眾揭他的瘡疤？

林炅把人性想得很壞，卻不料姚老師乃出於善意。當網頁往下翻頁，原來都是譴責的留言，痛罵發帖者心腸惡毒揭人隱私，學生一面倒仗義執言，站在林炅那一邊。

姚老師手裡滑網頁，口頭解釋：「幫你留言的都是排球隊的師弟，挺你的人其實很多……因為這件事，我才知道你在學校受到歧視。」

由於林炅在班裡沒朋友，所以他根本不知道這樣的事。

姚老師指向身後的低年級學生，又道：「林炅同學，希望你就此罷手，不要再令你的師弟傷心。因為，你一直是他們的偶像。」

林炅滿臉惑然，嘀咕道：「偶像？」

　　姚老師道：「我曾聯絡你在大連的老師，拿到了你參加全國大賽時的影片。我說學校有位隱世高手，偶然讓師弟看到你的比賽影片，大家都佩服得五體投地。我一直不想給你壓力，所以才沒有告訴你……你就是這些師弟的偶像，他們一直憧憬你會加入排球隊。」

　　這時，林炅默默望向場外站著的師弟，終於明白他們落淚的理由。原來聖祖書院裡有這樣的一小撮人，不僅樂意接納他，還默默仰視他的背影。

　　一片光明照進林炅的內心世界。

　　對不起他的是胡克隆，而不是聖祖上下的師兄弟。

　　就在此時，林炅眼前來了兩人，居然是六號的師兄和九號的秦鵬。秦鵬竟然低聲下氣，向林炅道：「剛剛你在看台那邊說的話，我倆都聽到了……是不是我倆親自對你下跪，你就會願意代表聖祖出場？」

　　眾目睽睽之下，秦鵬兩人說得出做得到，真的對著林炅下跪。大丈夫能屈能伸，秦鵬剛剛領教了林炅的發球，從頭徹底心悅誠服，亦知道他就是拯救聖祖的希望。生為聖祖人，死為聖祖鬼，像秦鵬這種高年級的師兄，自小都在聖祖

直屬的中小學唸書，真是將校譽看得比自己的面子更重。

　　林炅重情重義，本性也就容易心軟。正當內心天人交戰，林炅瞥見胡克隆躲在隊友後面，目光滿是恨意，除了出自嫉妒心，也像是在怨艾隊友的背叛。

　　──胡克隆做不到的，我卻做得到。

　　內心的黑暗一掃而空，林炅豁然開竅，要是贏得人心，就是對胡克隆最大的報復！本來追隨他的隊員覺得他不中用，他這個隊長也就名存實亡。

　　林炅一想通，便指著兩名還在下跪的師兄，向姚老師道：「就算我願意出場，我也不想跟他倆當隊友。姚老師，請你幫我找兩個替補進來，哪怕是低年級的師弟也好。」

　　這才是真正的大丈夫。

　　器量寬宏，氣吞山河。

　　林炅大步越過球場的界線。

　　他就像個踏入競技場的鬥士。

　　此刻，他心裡只想著擊倒對手這件事。

　　不是擊倒一個對手，而是要擊倒在場的所有對手！

　　在觀眾的眼中，林炅這樣站在球網的對面，正是要向

四大武校宣戰的意思。整個「惡四聯盟」都是不良少年，場館內頓時髒話滿天飛。

鑰智中學的李文達戰意極盛，帶領五名主將上場，遙指林炅道：「我就來領教一下你的球技！」

林炅指著分牌，大言不慚道：

「不用開新局。就由22比14繼續吧！」

在一片噓聲之中，林炅穿上聖祖的球衣之後，將食指放在唇上，誰都明白當中的意思——

我會用實力來令你們閉嘴。

這動作極為囂張，但觀眾剛剛見識過他的發球，都知道他不是虛有其表。

聖祖的隊友一一列陣，姚老師遵守諾言，換走兩位師兄，讓兩名中三級的師弟替補上陣。

在正規的排球比賽，球員分站前排和後排，限制住球員的位置。一開局，林炅想專注防守，便提議道：「我由後排的六號位開始打。」

由於不是正式的學界賽事，所以就算林炅沒有登記在球員名單，裁判也允許他以替補選手的角色上陣。

　　李文達站在底線外面，伸臂舉起排球。

　　學界第一號重搥手的稱號，他絕不會拱手相讓，要向世人證明殺戮天使的本事，就必須在這麼多觀眾的面前擊倒林炅。

　　「暴力排球！」

　　一記強而有力的跳發球，轟向林炅的方向。

　　超乎所有觀眾的想像，林炅微微下蹲，輕輕舉臂，彷彿隨心所欲，就將迎面而來的猛力化為綿勁。他的動作簡無可簡，一步到位，出手果斷，明眼人都瞧得出是最上乘的接球功夫。

　　一傳是反擊的起點，由於林炅送出好球，前排的舉球員很快做出回應，將球回傳給林炅。

　　後排的球員只能在後排扣殺，但見林炅空中凌步，掄臂一揮，就像武林高手出掌一樣，一股真氣隔空轟破對方的地板。

　　轉守為攻得分，只是三秒之內發生的事。

　　鑰智中學嚴陣以待，聖祖連追四分，但就算林炅再強，其他隊友也會失誤。比數來到23比18，鑰智中學奪回

了發球權。李文達輪轉到了前排，只要再得兩分，就可以拿下這一局。

李文達全力扣殺三球，林炅連接三球。

曾令無數球員吃盡苦頭的殺戮天使，對著這個突然冒出來的球員，初次嘗到無可奈何的挫敗感。

李文達看得懵傻了。

林炅不是不給對方面子，但接過雷造極的絕殺魔球之後，尋常中學生的扣球力度，感覺只像是蚊叮蟲咬一樣。陸家軍的傳人劉辰曾餵林炅吃過秘藥，此藥名為「**豹子頭**」，可以強化動態視力。雖然藥效已過，但林炅一旦進入過那種境界，只要腎上腺素升高，世界萬物彷彿都會慢速運轉。

一眾師兄弟和姚老師盯著林炅，眼神溢滿崇拜之情。

他是救星，他是英雄，他是絕境之中冒起的希望。

在隊友的眼中，他就是一束曙光。

那一天，座無虛席的室內體育館，林炅的英姿烙印在每個人的腦海。

曙光綻放，光芒萬丈！

5

即使是大年初三，聖祖書院的學生都趕來聲援，當他們立足體育館，就見證了林炅大顯神威的一幕。他們本來不敢吭聲，現在都大膽歡呼，席間不乏耳語：「他不就是理科班土怪嗎？」、「還以為他是書呆子……想不到是運動奇才！」、「攻防一體，無敵神勇啊！」

觀眾們難以置信看著場上的戰局，哪怕排球不在林炅那一邊，只要是他所站之處，就會吸引所有人的目光。

姚老師只知道林炅的扣殺能力，從不知道他的接球技術同樣高超，心中澎湃不已：「我們隊的自由人，也接不住李文達的扣殺……但他居然做到了！而且一副還未出全力的模樣……他是貨真價實的全國級選手！」

19、20、21、22……比分逐漸逼近。

李文達不再逞強，將球擊向林炅以外的球員。這一下扣殺果然得手，接球員甩臂後倒，排球遠遠飛向底線外。

在球隊最絕望的時候，需要破局的救世主。

「我來！」

　　林炅疾呼一聲的同時，亦以全速衝刺，奔向排球的落點。就在場外靠近觀眾席的地方，在排球快要碰地的一剎那，林炅奮不顧身使出「**魚躍救球**」，迴臂將球打回了球場，再由隊友順利接應。

　　絕處逢生！

　　敵我兩方的支持者都禁不住喝采。

　　李文達自以為必定得分，哪想到林炅就像逆天而行的孫悟空，將他戲弄於股掌之上。

　　場上，聖祖的球員綻露笑顏，他們士氣大振，和林炅這樣的隊友並肩作戰，感受到前所未有的樂趣。又一次你來我往，隊友這次順利接球，舉球員毫不猶豫，將排球托給後排起跳的林炅。

　　「給你！王牌！」

　　林炅一出掌，就轟破對方的防線。

　　23比23，兩隊平分。

　　眨眼之間，聖祖書院已追回了比數，在林炅上場之後，鐘智中學傾巢而出，竟然無法搶到決勝分。

　　姚老師心道：「只要一個人在球場上燃燒小宇宙，其他

人都會跟著燃燒！這就是排球，憑意志力來決勝的運動！」

爛船也有三分釘，聖祖書院排球隊始終是名門隊伍，實力當然有學界D1的水平，只是因為士氣低迷，才會輸得潰不成軍。

林炅三番四次救球成功，這般神仙級的表現，結果喚醒了全員的鬥志。就像一片倏然起火的野草，林炅用熱血點燃了身邊每一個隊友，產生了環環相扣的化學作用。

單天保至尊，運動場上無數反敗為勝的球賽，都是靠一人之力來改變戰局。

這種人才配得上「MVP*」的稱號。

玥兒眼見形勢不對，早就由商海幫那邊溜走。看台上有一夥女校生，玥兒加入她們，觀看林炅大出風頭，一股虛榮感油然而生。玥兒心想：「皇后八婆說的果然沒錯……林炅長高了，真的會更強。嘻，這是我的功勞吧！」

在短短兩個月之內，林炅長高了兩寸，原來是喝了玥兒的補湯。

當日走難的時候，玥兒的叔叔劉辰塞給她一個藥箱。玥兒遷進姚水蜜的家，收拾行李的時候，就在藥箱的暗層發

*MVP：MOST VALUABLE PLAYER，最有價值球員。

現了一疊藥方。她只以為是尋常中藥，對陸家軍的醜聞毫不知情，而劉辰至今仍然未跟她聯絡。

六種秘藥皆有代號，分別是「**豹子頭**」、「**黑旋風**」、「**九紋龍**」、「**急先鋒**」、「**鐵臂膀**」和「**玉麒麟**」。

其中的「**玉麒麟**」乃增高轉骨的秘方，玥兒姑且一試，抱著類似玩「男友育成遊戲」的心態，去中藥店撿藥材。由於這一帖藥熬出來是甜湯，而林炅喝過的「豹子頭」奇苦無比，故此他才不虞有詐。

至於這帖「**玉麒麟**」有甚麼副作用，玥兒根本一無所知，當天劉辰提及藥效危害的時候，她並不在場。由於一開始有所隱瞞，玥兒始終於心有愧，所以沒向林炅揭露實情。

和籃球一樣，排球是很吃身高的運動。

增高了兩寸的林炅，能力不僅只是增強幾個百分點，而是暴增了好幾成的功力，堪稱是突破界限的究極進化。

這一次進攻，聖祖書院的舉球員失手，托起的球稍為偏遠。

明明是失誤的傳球，卻聞林炅喝道：

「傳得好！」

林炅在半空中橫移，就像騰雲駕霧一樣滯空，揮鞭似的出掌扣球。掐指觸球的一瞬間，聚集在指尖的能量合一而出，壓縮變形的排球由高空轟向下方。跳得更高，飛得更遠，他已化身為昇天的龍——

廬山飛龍・曙光一擊！

防守球員未來得及舉手，甚至連球影都看不清，越網隕落的發球已經撞地反彈，一飛衝天直上半空。

又快又猛又準，超乎想像！

姚老師目瞪口呆，低吟道：「之前看過他扣殺……有這麼厲害的嗎？」

殊不知這兩個月來，林炅為了備戰十八區爭霸戰，曾接受了歐美最新風行的「大輪胎特訓」，一個輪胎練遍全身肌肉。首先是單車的輪胎，然後是汽車的輪胎，到後來是越野車的超大尺寸輪胎……除了基礎力量訓練，林炅每天都要擊打吊起的輪胎，既可糾正姿勢，又練出了更強的臂力。

這一球就是決勝分，聖祖書院逆轉成功，李文達不得不服輸，灰頭土臉帶隊離場。

林炅勝利歸來，一眾師弟遞來毛巾和飲料，同場作戰

的隊友逐一與他擊拳，就連秦鵬也不禁豎起雙拇指致敬。

休息時間只有三分鐘，就要迎戰震旦中學，一雪之前敗北的恥辱。林炅喝水時，之前過來求他的小師弟雀躍無比，一邊蹦蹦跳跳，一邊介紹自己：「我叫吉米，外號是『小蟋蟀』，主打快攻手。」

林炅微笑道：「我看得出來。你的快攻打得很好。」

吉米忽然用眼神示意，低聲道：「小心震旦中學的七號和八號。他們兩個都是舉球員。」

林炅驚奇道：「兩個舉球員？雙舉？」他自問打排球這麼久，也是第一次面對「雙舉」這種奇陣。

哨聲響起。

聖祖書院的陣容不變，跟上一場一樣，但林炅這一次站在前排，由二號位置開始輪轉。

一開局，震旦中學就展開猛攻。

他們不像李文達那樣意氣用事，不會將球打向林炅的守備範圍。這個方針相當奏效，兩個小師弟的經驗尚淺，常常接得不好，成為防守的漏洞。聖祖一方處處受挫，隊友無法接手組織攻勢，只好勉強將球打向對場。

只見震旦的球員接完來球，七號立刻由後排衝向前排，明顯是要跳起舉球。同一瞬間，前排的三名球員交錯踏步，縱橫掩護，再配合微秒之差的節奏，逐一並駕齊驅在網前躍起，形成一波高低起伏的人浪。

排球沿著三人的頭頂飛滑，最後由最左側的球員出手扣球，完全騙倒了聖祖的攔網手。

得分之後，震旦中學的健將氣勢如虹，七號背向林炅，向隊友鼓舞道：「要對付他這種攻防一體的選手，攻擊就是最好的防守！」

銅壺滴漏，三箭穿防。

這就是震旦中學的「**銅壺滴漏・時間差攻擊**」。

之前兩隊交手，聖祖書院就是破不了這個陣，所以輸得一塌糊塗，受盡天下人恥笑。

6

排球這項運動有嚴格的站位規定，可以組成的陣式寥寥可數。震旦中學採用的是「6-2陣式」，最大的特點就是

會有兩名舉球員，總是站在對角。每一回進攻，後排的舉球員會移動到前排，由他接應二傳，因此前排的三名球員全部都有扣球的機會。

現代排球絕大多數採用「5-1陣式」，即是場上只有一名舉球員。「6-2陣式」絕無僅有，因為舉球員是最難練的位置，同一隊要有兩名優秀的舉球員，隊友又要適應兩種球風，真是談何容易。哪怕是國際比賽，採用「6-2陣式」的球隊實屬罕見，幾乎是古巴隊的獨門陣式。

同步快攻亦是很難練成的技術，但震旦中學的球員一一攻克難關，將雙舉的優點發揮得淋漓盡致。

不是七號舉球，就是八號舉球，總之每次進攻，前排都一定會有三名攻擊手，大收擾敵之效，攔網球員往往撲空。

「銅壺滴漏，三箭穿防！」

在震旦中學應援團的吶喊聲之中，聖祖一方又再輸一分，現在比數變成了8比4。

「惡四聯盟」皆是新進崛起的強隊，累積了不少比賽經驗，卻從未遇過像林炅這樣的怪物級選手。

他的強，顛覆了所有人的想像。

但林昃再厲害也好，他也只是一個人，難以兼顧全場。

姚老師常常叮囑隊員，萬萬不可驕傲自滿，近年新界和九龍冒出很多強隊，將會掀起改朝換代的革命。今天，多虧了胡克隆闖禍，讓聖祖與新進強隊比賽，姚老師觀摩了對方的戰術，不由得大為歎服。如今學界已進入群雄割據的局面，聖祖再不進步的話，將會無望再爭冠。

砰！

前排三人同時進攻，就等於三個砲口在半空齊鳴。

不是失球，就是接球噴飛，聖祖一方難以組織攻勢，林昃根本沒有扣球的機會。

三人六足，又來了。

前排的吉米提示隊友，喊道：「我們一人盯一個！」

聖祖三員亦步亦趨，各自向上撲跳攔網。小蟋蟀吉米跳得很高，可是他身高不足，形成一大缺口，殺球越過他的頭上，「砰」的一聲落地。根據賽例，只有前排的三名球員可以攔網，因此後排的球員都幫不上忙。

打過排球的人都知道，攻易守難，至少要有兩名防守球員封罩，才能攔死同一個主攻手。在之前的比賽，聖祖慘敗

雙位數，敗因就是無計可施，想不出任何應對的策略。

「真頭痛！」

姚老師說完這句話，隨即要求暫停，多派一名攔網手替補上陣。

儘管如此，多了一個鍋蓋也封不住三個砲口，震旦中學始終會找到出手的機會。

除了半空的三個砲口，震旦中學還藏了一手──

就像這一次，八號舉球員由三米線後起跳，觸球之前，突然變招，勾臂撥球，這就是俗稱「**美女梳頭**」的二段攻擊，向空防的區域突襲成功。

暗箭難防，聖祖書院暫居下方。

──六二陣式該要怎麼防？

場外列強的球員專心觀賽，都在同時思索破陣的策略。這一次「惡四聯盟」同場獻技，一方面是耀武揚威，一方面亦是互相視察實力。

逆時鐘排號，順時針輪轉，到了分數10比5的時候，林炅就由後排輪轉到了前排。

對面，網後，三名攻擊手開始交馳跑動。

　　林炅與前排的隊友打了個眼色，立即施展併步移動，緊盯著最右側的兩名攻擊手。林炅並不擅長攔網，但他長高了之後，攔網的功力也大增了，就算他只懂基本功，要應付一般的攻擊手也是綽綽有餘。

　　「罩死他！」

　　攔網乃最具攻擊性的防守，包括林炅在內的三名球員，針對最先起跳的兩名攻擊手高舉雙手，形成以多敵寡的局面。

　　三人集體攔網！

　　當最先起跳的兩位球員無法出手，排球漏到最後起跳的攻擊手，他就一定要扣球。聖祖後排的球員早就完成布防，對著明確的擊球點，這一次六號位的吉米輕易接起來球。

　　那球飄到林炅的頭頂，他直接扣殺得分。

　　破陣！

　　聖祖六名球員振臂高呼。

　　「銅壺滴漏」有三個砲口，守方只要封住前面的兩個砲口，僅剩的砲口也就不足為懼。如果要一次攔住全部主攻手，就會正中敵隊的下懷。與其硬抗，不如像司馬光破缸那

樣洩水，收窄球道引水入海。

　　儘管大家恍然大悟，破法看似簡單，但知易行難，球隊必須要有像林炅這種獨當一面的主攻手，才能多派精於攔網的球員上陣。

　　有兩個舉球員的陣式偏重攻擊，防守方面很容易變得不堪一擊。這輪攻勢林炅身處前排，當然不會錯過機會，全力與攔網球員交鋒。

　　排球的戰場是空中。

　　天空的王者將會主宰全局。

　　一旦有了身高的優勢，配合跨步制動的步法，不論是向上向橫向斜，幅度也會有大躍進，開啟了更立體的進攻模式。再加上有了默契之後，聖祖的舉球員變得更加進取，傳出了以前不敢傳的高球。

　　君臨天下，如光波一樣的排球越過攔網的手掌。縱有銅圍鐵馬，林炅衝鋒陷陣的殺球仍是無人能擋，一出手就必定得分，片刻之間覆軍殺將。

　　最後的賽果是18比25，聖祖重奪榮耀，洗清了慘敗的恥辱。

聖祖排球隊的一眾師兄弟，都已拜倒在林炅的英雄本色之下。姚老師更是激動地說：「你就是一騎當千的大將！只要有你，聖祖就可以稱霸球壇！」

林炅現在的球技已達至國家少年軍的水準，對手只不過是香港學界的程度，他自然可以碾壓場上的每一個球員。

學界精英會師。

竟無一人能當他的敵手！

7

車輪戰的下一場對手是商海幫中學。

這是一間全港享負盛名的「武校」，但單靠武力難成大器，商海幫的排球隊晉身強隊之列，就是多虧了鄧波那顆鬼主意多多的金頭腦。

此戰難以倖免，鄧波厚著臉皮，過去跟姚老師交涉，巧言令色道：「之前你們已輸給我們，現在你們要求重賽，我們應該有權提出條件吧？否則，對我們太不公平了。」

姚老師道：「你有甚麼要求？」

鄧波指著林炅，理直氣壯地說：「他是臨時找來的球員吧？照理說不能隨便上場⋯⋯我們答應重賽的條件，就是要他當自由人。」

聖祖眾員的面色驟變，因為自由人是很特別的球員，除了只能站在後排，也不能高於網頂擊球，換句話說就是「一扣球就犯規」。

鄧波得了便宜還賣乖，繼續磨嘴皮：「我們願意吃虧一點。自由人只能替補同一名球員⋯⋯這場比賽，這條規定可以廢除。可是自由人的其他限制，例如禁止輪轉上前排，還是必須遵守。」

商海幫中學向來擅長智取，這一次鄧波強迫林炅當自由人，其實是為自己球隊找下台階──自由人不能扣球得分，林炅若是答應上場，他在場上的作用必然大打折扣。只要林炅拒絕，這樣的答覆正合鄧波的心意，讓雙方有個好理由避免一戰，便保住了商海幫的聲威。

哪知林炅躍躍欲試，敬酒不吃吃罰酒，當眾發出豪言壯語：「來吧！我願意以自由人的身份出場，挑戰貴校的各位豪傑！」

　　既然對方慨然答應不利的條件，鄧波只好硬著頭皮帶隊迎戰，就看看有沒有可乘之機。

　　林炅換上自由人的特別色球衣，便站在後排的正中間，即是別稱「六號位」的崗位。

　　商海幫中學的球風近乎異類。

　　快攻手很會當誘餌，偶然執行刺客任務。

　　臉上有刀疤的高個子是主攻大砲，但他很愛打狡猾的反彈球，等待最佳的時機發動突襲。

　　而鄧波的得分能力，並不亞於他的隊友。

　　除了因為常常使出陰招，也因為他很會打吊球，加上自身極高的球場智商，每次出招都能命中死角。

　　開局未幾，鄧波就放出一記漂亮的吊球，將球打在四人的中間，壓住三米線清脆落地。就像圍圈注視著營火，聖祖的球員來不及溝通，沒人去救那一球。當鄧波察覺到林炅稍為站前，就會打出迴力鏢一樣的長吊球，畫弧飛向左側或右側的邊角。

　　不是短吊球，就是長吊球，聖祖兩翼的球員疲於奔命，還是只能睜眼看著鄧波的陰招得手。

鄧波自取的諢號就是「炸天吊王」。

至今由商海幫打出的吊球，排球總是落在三米線前的範圍，又或是不屬林炅守域的左右邊角，可見鄧波等人對林炅大為顧忌。林炅心念一動，便向兩側的隊友嚷道：「你們盡量站近邊線！兩角的吊球，就交給你們啦！我一個人，可以守住中心的區域。」

這番話擺明故意傳向敵陣，鄧波心想：「哼！臭小子，想跟我比心理戰，你還不夠級數呢！」

到了下一波攻勢，又有大好機會，鄧波借著快攻手的佯攻，托出漂亮的短吊球，晃過球網對面，前排的防守球員來不及應對。

沒想到林炅並不是虛張聲勢，他由後排俯身向前飛撲，使出俗稱「煎薄餅」的插掌手法，手掌緊貼地面救球，讓排球撞落手背反彈。

江湖球賽源自沙灘排球，球手需要全場跑動，因為亞舜懶得多動，所以幫林炅練出了超廣闊的守備範圍。所有的汗水都有意義，林炅勝任自由人的職責，真的守住了中心區域，活活氣死了鄧波。

　　下一回進攻，林炅極速橫移，救起了墜向邊角的高吊球，不過這一次接得不算很好，有可能變成失誤。

　　林炅立即大喊：「修正！」

　　排球在上空畫出一道曲線，高高飄向場中的球網。聖祖的舉球員做出假動作，跳起之際突然縮手，讓下墜的排球直接掉入敵陣，如此靈機一觸的奇襲，快得令人猝不及防。

　　哪怕彼此為敵，鄧波也暗暗讚好：「高招！」

　　這一次的進攻為林炅帶來了靈感。

　　賽例不准自由人主動得分。

　　凡事總有例外，如果排球的位置低於網頂，自由人可以靠反擊的招數直接得分。重點是「不可起跳」，只要林炅沒違反這條球例，他還是可以突施奇襲，發揮精準的控球能力，定點狙擊敵陣的漏洞。

　　此後，林炅立於後排，腳踏實地，低手接球，只要一有機會，就會轉守為攻將球撥向敵陣。

　　這一回，林炅接應隊友救回來的球，一百八十度旋身，使勁將排球推出。如同隔山打牛，推出的排球低空越過網頂，遠程導彈似的落在死角。要使出這一招並不容易，林

具備超凡的球場視野，再加上能人所不能的反射神經，才能把握這樣的得分機會。

鄧波努嘴道：「這傢伙！我真是服了！」

兩隊激戰了四十八個回合，最後聖祖書院以25對23的比數取勝。單看這樣的分數差距，商海幫中學雖敗猶榮，但在場的觀眾都十分清楚，要是林炅可以扣球的話，分差又豈止是這麼少？

不過，鄧波有意藏了一些秘招，這樣一敗的話，就會上演終極一戰，由眾望所歸的陳羅閣中學出場。

紅旗飄揚，一眾紅衣的球員神情肅穆。

最後上場的是陳羅閣中學，稱霸新界區的最強黑馬隊伍，今年在學界D1奪冠的呼聲極高。

出賽之前，姚老師向球員道：「你們瞧見了嗎？最高那個十八號球員，他是陳羅閣的二傳手，全名是邢甲，姓氏相當特別。」接著指向背號一號的球員，又道：「注意那個矮個子！他叫王寅壹。我偷偷去看過他打球，真的超群拔類，不愧是學界公認最強的自由人，連港隊教練三顧茅廬，都要吃他的閉門羹。」

　　吉米察覺有異，忍不住問：「自由人？他沒穿自由人的球衣啊！」姚老師揉著額頭，百思不得其解，嘀咕道：「咦！為甚麼會這樣呢？」

　　大大出乎眾人的意料，王寅壹這次上場，竟然身穿一號的紅色球衣，而非自由人的特別色球衣。

　　哨聲響起。

　　林炅打頭陣，負責開球。

　　天馬流星・曙光一擊！

　　隔著網格，只見王寅壹向橫翻滾，一下「**飛燕回翔**」，墊步迎接來球。曾經一擊必殺的發球，終於有人接得住，此人正是學界首屈一指的自由人。

　　林炅看見那個接球姿勢，心中疾呼一個名字：

　　「伏虎！」

8

　　雖然王寅壹救球成功，但這一球歪飛，隊友唯有順水推舟，打出修正球，然後採取守勢。

聖祖一方組織進攻，林炅有心試探王寅壹的底蘊，在半空拉滿弓，故意朝他的位置出招。

天山昇龍·曙光一擊！

「**昇龍**」向上，「**飛龍**」向橫，前者提升扣殺的威力，後者帶來奇襲的變化，兩招都是林炅為了十八區爭霸戰，因而新近練成的殺手鐗。

王寅壹這一次接住了林炅的殺著，為了卸力借勢後翻，低空打了個筋斗，再以箕踞之姿穩坐地板，臉上盡是得意之色。

隊友沒白費這一球，旋即反攻得分。

1比0。

王寅壹拍了拍膝蓋站起來，向林炅道：

「好猛的球啊！」

伏虎？林炅只感到難以置信，但他是何等眼銳的排球高手，目睹王寅壹那兩手接球功夫，腦際間就浮現了伏虎的身影。當晚看十五艮的球賽，林炅暗暗記住了這名強敵的招式。在緊急的時候，球員自自然然的反應，都是條件式反射動作，林炅可沒看漏眼，才馬上洞悉到王寅壹的身份。

——學界無一人能當敵手。

王寅壹絕對有資格收回這句話。

陳羅闇奪得發球權，十四號球員輕抬碎步，急縱身舉臂發球。那一球的力度不強，忽慢忽快，帶著尾勁下墜。

林炅心中一凜：「短助跑跳飄球！」

這是無旋轉的發球技巧，純粹用柔勁出掌，特點是難以捉摸。

就算是林炅，也無法看得見空氣的流動，所以難以判斷排球的落點。這一次由隊友接球，更是直接噴飛失分。

眼見十四號又再開出跳飄球，聖祖的球員叫苦不迭，接球接得不好，當然無法組織有效的攻勢。

以慢打快，以柔克剛，看來就是陳羅闇的策略。

一傳歪了，二傳用來救球，吉米只能高舉雙手，合掌將排球推向對面。

如此一來造就了陳羅闇的機會。

王寅壹送出完美滿分的一傳。

正當人人以為邢甲要舉球之際，他卻在高空扭身，狠狠朝地板扣殺。主攻舉球，副修扣球，這就是邢甲過人之

處，憑著高竿一樣的四肢，他稱得上是萬能的二傳手。

林炅在心裡自言自語：「這傢伙也是個狠角色！假如王寅壹是伏虎的話……邢甲豈不就是狂龍？」

細觀這兩人的身形和球風，林炅對自己的猜想頗有把握。吳天說過伏虎和狂龍出身於陳羅閣中學，只不過世人都以為兩人已經畢業，而林炅自己也是「半工半讀」參加江湖球賽，此事也就不足為奇。

分牌變成3比0。

館內的觀眾愈來愈多，熱鬧得烘高室溫。

男生們大呼叫好，都指望陳羅閣中學大勝，替整個「惡四聯盟」爭一口氣。而另一邊沒有體臭的看台，不少女生都是為胡克隆而來，本來死氣沉沉，但見比賽如此精彩，不知不覺已著迷其中。

玥兒聽見背後的話聲：「這個王寅壹，就是聖祖那個王牌的剋星。」說話的人是個高瘦的女生，很有可能是女排選手。胖胖的孖辮女生回應：「不過，我覺得聖祖的林炅同學比較帥呢！」

果不其然，男生愛看戲，女生愛看的卻是帥哥。

幾個女生開始嘰嘰喳喳：「呃，妳怎會知道他的名字？」孖辮女生貌似懷春，羞答答地說：「我現在當他是偶像啦！」你一言我一語，女生竟然爭風吃醋起來，可憐那位黑龍小王子，在她們心中已是過去式的人物。

玥兒瞪了她們一眼，心中不是味兒，既為林炅吐氣揚眉感到高興，又怕自己發掘的意中人太受歡迎。她不停安慰自己：「哼！妳們就叫他林炅好了，林日火才是最親切的稱呼。林日火怎麼看也是個好男人，我為他做了那麼多便當，煮了那麼多湯，他顧念舊情，該不會見異思遷吧……」

正當玥兒糾結之時，場上的戰局又有了變化。

只見一個平頭白髮的男人站近邊線，向陳羅閻的球員大喊：「九龍真訣！啟陣！」

此人叫閻羅老師，寬肩膀，凸肚子，不怒而威，彷彿散發著一股殺氣。百家姓中真的有閻羅這姓氏，但無人知道閻羅是他的真姓，抑或只是一個綽號。一眾窮凶極惡的壞學生都聽他的話，乖乖打排球，由此可見其本事非凡，這番事蹟亦登上了報刊的體育版。

「九龍真訣」乃九式戰術的統稱，閻羅老師引用了九龍

地名的傳說，分別當成戰術的暗號。一曰煙墩山，二曰羅裙鋪地，三曰梅花陣，四曰鱷魚翻水，五曰老虎岩，六曰梅開二度，七曰獅子馱鈴，八曰金絲芙蓉，九曰烏鴉落陽。

排球是最講究組織合作的運動，由舉球員擔當司令官，每個傳接一環套一環，帶動全體球員展翅齊飛。在場的觀眾見識了陳羅閣的實力，借著這種精妙絕倫的陣式，再加上一絲不苟的紀律，毫無疑問可以征服整個學界，穩奪當屆精英賽的冠軍。

九龍真訣，出神入化。

雷厲風行，滴水不漏。

一時如金蛇電舞，一時像紅蓮焰舞，陳羅閣六名球員奔行不息，一面穿梭一面傳球，攻守進退有據，接應一氣通貫，有如一台完美運轉的機器。

邢甲使出「穿簾透幕」的切球，得分易如翻掌。

聖祖眾員汗如雨下，別說是舉手，就連腳步都跟不上節奏。

轉眼已是4比0。

最令一眾學界高手意想不到的事，就是王寅壹深藏不

露的跳扣能力。其他武校的領隊暗自驚歎：「這一張牌藏得好深啊！」

王寅壹穿著一般的球衣上場，原來是要解放他的得分能力。

當他彈跳殺球成功，就向對手張開五隻手指，另一隻手捏了個零，即是宣告「5比0」的意思。

OUT！

十四號的發球飄出界外，聖祖眾員才喘了一口氣。

可是，陳羅閻豈會給對手喘第二口氣的機會？

排球如蟠龍般騰飛，速攻翻江倒海而來。

邢甲背傳，副攻手突然在他的背後飛出，倏地轟下快傳。這種聲東擊西的快攻名為「背飛」，而整套戰術出自「九龍真訣」中的「鱷魚翻水」。

6比1。

接下來幾個回合，或是打球出界，或是觸網犯規，雙方互有失誤。林炅也終於突圍而出，轟轟轟扣殺，個人獨得三分。

但，林炅還是無法在王寅壹的身上得分。

12比5，陳羅閣大幅領先。

王寅壹和邢甲與林炅交換眼神，彷彿心靈相通有了默契，都知道不可互揭江湖球手的身份。難得有同場較勁的機會，三人同樣感到亢奮不已，要在今天的舞台比個高下。

這一戰，就像是十八區爭霸戰的前哨戰。

9

邢甲組織的攻勢行雲流水，壓得聖祖一方喘不過氣。

「九龍真訣」一旦發動，就要徹底摧毀對方的防線。聖祖那邊大亂，慌張的球員就像野人在打排球，既看不穿擊球點，又擋不住一連串奇招。

商海幫的鄧波看著陳羅閣六員的表現，不由得望洋興歎，廢然道：「有無敵陣式，有強攻，有強防，怎麼鬥？」說的好像不僅是聖祖書院，而是整個學界的球隊，都鬥不過陳羅閣中學。

大局已定。

陳羅閣連得兩分，聖祖只能靠林炅追回一分。

當今的排球比賽採用落地得分制。只要發球的一方持續得分，發球方就能保住發球權。論整體實力，聖祖不及四大武校，但在先前的賽局，只要輪到林炅發球，球隊就會靠他連搶很多分。

如今，王寅壹接得住林炅的發球，就是扼殺了聖祖反敗為勝的機會。

就像個滾地葫蘆，王寅壹又再接起扣球，一傳恰到好處，球影來到邢甲的正上方。場內的陳羅闈學生吶喊助威：「機會球！食叉燒！」邢甲眼觀四方，縱身輕托，排球便鬼火一閃似的平飛，已在空中的主攻手同秒揮臂。

如同瓦釜雷鳴，排球銷聲匿跡，落地時才發出巨響。

林炅暗歎道：「弱擊球！」

與一般的全力擊球不同，敵手這一招扣殺，卻是運用了柔勁，在擊球時施予上旋，以使排球更快落地。由此可見，陳羅闈的球員全無弱兵，剛柔並濟，不僅是行兵布陣變幻莫測，竟連擊球手法也是變化多端。

15比6，比數令人絕望。

聖祖的球員失去了光彩，走動如同鵝行鴨步。

有一個人的雙眼卻閃出亮光，此人正是姚老師。

姚老師直接向球員大喊：

「八大行星巨輪陣！」

再不變陣的話，就是必敗無疑，既然橫豎都是會輸，倒不如乘機試陣。場上，聖祖球員一聞言，有如醍醐灌頂，當即甦醒過來。眾員開始偏離固定的位置，東繞西轉走動，表面雜亂無章，實際亂中有序，令人看得眼花繚亂。

步斗踏罡，火列星屯。

雖然林炅未練過這套戰術，但隊友都會繞著他這個中心點移位。萬有引力，人到球到，無論林炅身在何方，最後必定由他出手。

著！

林炅竟然跳出邊線，在標誌杆的外側出手，轟出一記不可思議的斜角扣殺，穿透了防線曇花一現的破口。

原來姚老師朝思暮想，一直期待林炅入隊，提前創出一套以他為主攻重心的戰術。要實現陣式轉換，隊中就要有林炅這樣的「大搥手」，其他五名球員繞著他移位換步，不管誰來負責二傳，都會以他作為終結點扣球。

除了是排球痴，姚老師也是天文迷，一直堅持冥王星不是行星，故此採納八大行星的說法。中國自古以來的五行，分別代表水星、金星、火星、木星和土星，亦即辰星、太白、熒惑、歲星及鎮星。這一刻，場上配合林炅走動的五名球員，就是將他當成太陽，暗合五行變化，可攻亦可防。

TOUCH OUT!

攔網手中計，觸擊出界，由林炅得分。

QUICK SPIKE!

邢甲妙傳快攻，陳羅閣扳回一城。

16比11。

聖祖變陣之後，終於有力追回失分，可是一日未攻破王寅壹的防守，陳羅閣還是保持領先五分的優勢。

併步、滑步、交叉步⋯⋯

兩隊鬥得難分難解。

王寅壹立定，重心極低，一招「**虎踞鯨吞**」，又接起了殺球。誰都看得出聖祖若要反敗為勝，就必須闖過王寅壹這一關，否則聖祖絕無翻盤的希望。

18比13，陳羅閣仍領先五分。

．

林炅內心響起聲音：「現在王寅壹回到了後排。如果我擊敗他，勝出王牌之爭，就能大挫他們的士氣！」

有了這一番覺悟，林炅鬥心上燃，決心周旋到底。

旋乾轉坤，排球來到頭上。

明知山有虎，偏向虎山行！林炅天生有這種膽色，因此愈戰愈勇，不停與王寅壹正面交鋒，接二連三對準他的位置全力扣球。王寅壹在球壇上成名以來，對手都是退避三舍，故意將球打去迴避他的遠角，是以林炅的狠勁屢屢令他心驚──在這個一榮一辱的節骨眼上，王寅壹絕對要接住林炅從上而下的扣殺。

一擊、二擊、三擊──

曙光連環擊！

王寅壹漸感不支，暗喊道：「手臂好麻！」

防彈玻璃並非永遠不破，只要子彈重複射中同一點，固若金湯的堅壁都會全面粉碎。

「轟下去！」

無數人的心中，都響起這樣的聲音。

林炅雙腳一蹬，這一次跳得離地特別高。

迴旋碎擊掌！

這一球直接破防，在王寅壹的雙臂烙下灼熱的球印。

全場先是鴉雀無聲，然後喝采之聲如爆竹般響亮。學界公認最強的自由人球星，從來沒有人可以正面攻破他的防守，而這個傳說今天在這裡結束了——隨之而來的是新的傳說，「赤口群揪會」之後，林炅就成為無人不識的名人。

聖祖書院勢如破竹，再度施行「八大行星巨輪陣」，一口氣連追四分。直到邢甲當頭棒喝：「DEFEND！」眾員立馬重整旗鼓，腳步重新踏在互相呼應的方位，一顆排球如三龍戲珠般斜傳，最後由邢甲轟殺，替陳羅閤奪回發球權。

「九龍真訣」對上「八大行星巨輪陣」，這一戰可謂怵目驚心。觀眾看得目不暇接，連大氣也不敢喘一下。不少觀眾都是學界精英賽的常客，但眼前兩隊的競技水準之高，敢說是平生罕見，屬於一個遙不可及的異次元。

20 比 20。

比賽進入最後五分，雙方有來有往，陳羅閤得一分，聖祖又會搶回一分，比數始終咬得很緊。

邢甲又像拉竿一樣彎腰，送出「背飛」的快攻傳球。

林炅再度對著王寅壹得分，證明剛剛的勝利絕非僥倖。

25比25。

結果出現了「刁時〔DEUCE〕」的局面。

比賽一再延長，體力消耗大增，即使是林炅也要咬緊牙關，才夠力衝刺和起跳，而他的隊友更是疲態畢露。

27比27。

在緊湊的對局，「刁時」不斷出現。

陳羅閻毫無疑問是學界最強的球隊，誰知橫空出現絕世的球星，撼動了他們的大業。

29比29。

這就像一場漫長的戰役，人人都看得目眩神迷，手心捏著冷汗。

在最後爭勝的關頭，卻發生了變故——

聖祖那邊忽然有球員倒下，裁判暫停比賽。原來是走動太過劇烈，導致小腿抽筋，看來是無法繼續比賽。聖祖排球隊的板凳深度不夠，練過巨輪陣的球員就真的只有五個，現在根本沒有球員可以替補。

就在林炅苦惱之時，耳邊傳來邢甲冷冰冰的聲音：「你

們打了這麼多場，已經筋疲力盡。我們這樣贏了，也是勝之不武。」閻羅老師也來了旁邊，附和道：「不如就此休戰，就當打成平手，友誼第一比賽第二……姚老師，好不好？」

其實只要比下去，陳羅閻一方必勝無疑。這番運動家的風度，著實打動了姚老師，他假裝想了一想，就答應了對方的要求，皆大歡喜收場。

林炅還未說出一聲謝謝，閻羅老師已率隊離場。臨走時，王寅壹和邢甲站在門口，向球場投來銳利的目光，林炅亦橫指一捽，表示「放馬過來」的意思。

當林炅回過神來，才驚覺聖祖的學生已湧到場上。隊友們簇擁歡呼，將他當成沙包一樣往半空拋起。

「英雄！英雄！英雄！」

當日一戰，林炅不僅拯救了學校的百年校譽，還讓他一舉成名天下知。

無奈人心險惡，有人成功，背後就會有人眼紅……在下學期結束之前，一個寧靜的午後，校務處和校長室收到同一份匿名密函，揭露林炅與黑社會來往的證據……

10

日月滄桑水悠悠。

花謝，花開，花滿天。

亞舜寫下情詩，摺成紙船，放進淹腳的溪流寄出。

泛黃天色，群巒落日圓，夕陽無限好，因為永遠都是黃昏的美景。

這裡是甚麼地方？

亞舜睜開眼，就置身在世外桃源似的幻境。

晚風吹遍繁花，有野百花，有鶯花，有香桂，也有梅蘭竹菊……四季的花同時綻放，似錦流年，滿耳蟬聲，眼前的長溪就像一條淚河，河面熠熠生輝，就像一條鋪在谷地的銀河——不是人世間的河。

肌膚沒有冷暖。

「我死了嗎？」

亞舜猶豫片刻，隨即朗笑一聲，揮一揮衣袖，順著水流徐行。靈魂沒有性別，也沒有肉體的重量。在這個錯位的時空，在這條螢火蒸蒸的長溪之上，每一步都是輕飄飄的。

無風，無雲。

放下執念，放下仇恨，又有何不好呢？

塵歸塵，土歸土，半生坎坷又如何？

終於可以離開那個沒有公義的世界。

在那世界，根本沒有值得留戀的事情吧？

隱約聽到哭聲，就像是山谷的鳴應。亞舜每走一步，兩側的梔子花就會凋零，繞空飄舞落地，鋪成一片花床。

岸柳依依葉金黃，夕陽依舊在高空，小河的盡頭是個渡口。上岸之後，眼前是一片更寬闊的水面，但亞舜望不見濃霧深鎖的對岸。河水呈血黃色，瀰漫著陰沉的氣息。

不久，遠方出現一條若隱若現的船影。

亞舜笑了，自言自語：「古老的傳說都是真的。」

進鬼門關，經黃泉路，而在黃泉與冥府之間，就有一條忘川河。眼前這條長河，莫非就是忘川河？亞舜沒記錯的話，忘川河上會有奈何橋，奈何橋上有孟婆。假如孟婆要他喝湯的話，他應該會堅持不喝。

因為他不想忘掉今生最牽掛的人。

一花一草一菩提。

魂歸之處，呼喚失去的愛人，只盼與她在彼岸重逢。

——**雯雯，我來了。**

渡河之後，就能再與她並肩仰望夜空吧？

那捧著排球的女子也是十六歲嗎？

一切就是由她的笑容開始。

只要上了船，就會與她重逢。

濃霧煙河間，駛來一葉輕舟，這種平底小船又叫舢舨，用途是載客過河。舢舨上有一名船夫，穿著蓑衣，划水蕩槳。

不消一會，人船漸近，轉眼就要靠岸了。

一上船，就要離開人間世了嗎？

亞舜想起席慕蓉的詩——

所有的結局都已寫好，所有的淚水也都已啟程。

他灑脫地邁出一步，來到了岸邊，只要再走一步，就能踏上舢舨的甲板。舢舨上的蓑衣客正朝他伸出木槳。

就在此時，耳後傳來了怪腔怪調的歌聲：

「情與義，值千金！」

胸掛Q版關公像的純銀吊墜，身穿全黑襯衫，赤腳狂

奔而至，來人竟是吳法。

亞舜正露出疑惑的眼神，吳法已氣沖沖走過來。

「別跟我搶這條船！」

吳法手推開了亞舜，搶先一步，跳到了舢舨上。載浮載沉之際，他回眸一笑，向亞舜揮手告別。

「球隊裡，最沒用的人是我。我來頂替你上船吧！你快回去！」

「你在做甚麼傻事！」

「好人含恨而終，小人作威作福……你能接受這樣的結局嗎？難道你聽不見山谷裡的哭聲嗎？大家都在等你回去，只有你，才能幫大家實現新年願望，那是我們共同的夢想！包括我！」

平日語無倫次的吳法，到了訣別之時，竟能說出如此大義凜然的話。

亞舜呆呆看著舢舨遠去，愴然無言。

吳法在舢上屹立，舉拳向著亞舜，大喊道：

「來世再做兄弟！」

訣別在即，亞舜竭力吐出心聲：「對不起……我……」

亞舜淚眼潸然，無法說完整句話。

要是沒讓吳法上車，他就不會在車禍中賠命吧？一想到此處，亞舜內疚到不能自已。

兩人遙遙相望，彷彿心有靈犀一點通。

河上是縹緲的聲音：「別說了！不是你的錯……」吳法頓了一頓，朝岸邊伸出拳頭，大喊道：「有人對你的電單車動了手腳。亞舜，交給你了，替我報仇！」

餘音裊裊，吳法和舢舨消失在濃霧裡。

有些人沒有血緣，卻比親兄弟更親。

就算死了，也是兄弟。

亞舜回頭。

後面的世界已被冥暮徹底吞噬，絕谷變成一條黑色的隧道，地面落滿凋零的闇黑花瓣。

再黑暗的末路，再絕望的未來，都要往前走下去。

因為，人的意志會發光，有種人生來就是生命的鬥士。

玉石俱焚，化為飛灰，也要綻放最後的光芒！

（未完・待續）

後記 · 道歉聲明
EPILOGUE

在此很感謝買了這本書的您，在此也要向您致以最深切的歉意，因為這一本卷三有可能是絕唱。

《曙光》系列是本人出道以來銷量最差的作品，這也是我在十五年前暫停出版的原因。應該不是我悲觀，卷二的銷量比卷一更糟糕，真的令我看不到死命堅持帶來的好處。

少時讀漫畫雜誌，不明白有些作品明明很有趣，卻草草了事匆匆停刊，留下令人扼腕的結局。現在做出版業，我當然知道一切都是商業考量，別說是小出版社，就連出版集團也承受不了損失。再者，創作者的人生有限，最理智的決定就是放下，果斷結束不賣座的作品。

可能是排球這種小說題材不討好，可能是垃圾徵費和人心惶惶，當然更大的可能是我寫得不夠好，無法令讀者心甘情願購書支持。昔日《三分球神射手》和 **Ｄ** 系列曾創造的奇蹟，時空到了今日的香港，恐怕難以再複製同樣的成功。

人生就像球賽，勝敗乃兵家常事，不一定會有逆轉勝。

我已經很努力了，但真的改變不了命運。

黑暗中偶然出現的曙光，竟是誘人掉入深淵的陷阱。

擱筆，是為了走更遠的路。

至今，哪怕老了，我還是懷抱年輕的初心，雖然可以妥協，但我始終不認命，不會對命運卑身下跪。

活得逍遙，談何容易？至少我現在還可以堅持，單靠我在PATREON上的贊助者支持，已經夠我過日子，不會讓剝落的夢想變為碎片。

在我面前有兩個選擇，一個是虎頭蛇尾三卷完，一個是再次按下暫停鍵……而我的決定是後者，因為我實在不甘心放棄，亦不想背叛筆下創造出來的人物，他們在我的心中都已有血有肉。

在此，再次感謝明知道會有一肚子氣，還是願意支持和永久等待這系列的您。我只希望您能理解我的苦衷，也許等到我在經濟上比較寬裕的時候，遇見有人談起這故事，令我在桌燈前懷念林炅那些人，然後翻開泛黃的扉頁，再次含淚執筆完成未完的篇章。

十五年，又或者是三十年後……我埋下了種子。

我希望，到了那一天，香港也會曙光四耀。

未完待續，後會有期！

天航

書於二〇二四年一月

超超新派 運動武俠

曙光【卷三】Vol.3

作　　者	天航
插　　畫	MEGO
設　　計	許立琦（tincreation）
編　　輯	阿丁
出　　版	天航出版社
發　　行	泛華發行代理有限公司
	香港新界將軍澳工業邨駿昌街七號
	電話：27982220
承　　印	美雅印刷製本有限公司
出版日期	2024年1月　初版
ISBN	978-988-76848-1-7

插畫美術中介：飛天奶茶有限公司
https://creators.flyingmilktea.com

此故事之所有內容純屬虛構，如有雷同，實屬巧合。
版權所有，翻印必究　Printed in Hong Kong

本書如有缺頁、倒裝，請寄到以下地址替換：
Rm 607, Yen Sheng Centre, 64 Hoi Yuen Road, Kwun Tong
天航出版社負責人：黃黎兼